Christian Futscher

DER MANN, DER DEN ANBLICK ESSENDER FRAUEN NICHT ERTRAGEN KONNTE

Ein Abenteuerroman

GEGRÜNDET
1999

1. TEIL

Er sagte mir, dass nur Leute in verzweifelter Lage oder solche, die nach großen Dingen streben, außer Landes und auf Abenteuer ausgehen, um sich durch Unternehmungen, die außerhalb der gewöhnlichen Bahn liegen, emporzubringen oder berühmt zu machen.

DANIEL DEFOE, *Robinson Crusoe*

Roberts Blick fiel auf das Telefon neben seinem Bett.

»Telefon«, sagte er, hob den Hörer ab und wählte irgendeine Nummer.

Er musste lange warten, bis sich am anderen Ende der Leitung jemand meldete. Eine verschlafene Stimme brummte ihm etwas ins Ohr. Es war die Stimme eines Mannes.

»Schön geträumt?«, fragte Robert.

Lautes Husten antwortete ihm – ein lächerliches und zugleich beängstigendes Geräusch, das kein Ende nehmen wollte.

Robert nahm den Hörer vom Ohr. Je weiter er ihn entfernt hielt, desto lächerlicher wurde das Geräusch.

Durchs Fenster sah Robert ein paar Zweige der Buche, die vor dem Haus stand. Am Himmel der Mond, der bald voll sein würde. Robert stellte sich vor, dass es der Mond war, der hustete.

»Krankes Bleichgesicht«, sagte er und drehte sich auf die andere Seite des Betts.

Unten auf der Straße war es noch still.

Als das Husten endlich aufgehört hatte, hielt Robert den Hörer wieder ans Ohr. »Schön geträumt?«

»Wer spricht da?«, fragte die Stimme, um gleich wieder loszuhusten.

Robert grinste. »Sie werden bald nach Rasierwasser stinken, Sie widerlicher Kerl!«

»Wie bitte?«

Robert knallte den Hörer auf die Gabel.

DER SPRENGKÖRPER

Es war noch früh am Morgen, eine Zeit, zu der Robert normalerweise schlief. Die ersten Sonnenstrahlen drangen durchs Fenster der kleinen Mansarde und kündigten einen heißen Sommertag an. Was hätten sie sonst ankündigen sollen?

Robert gähnte.

Er schlug sich mit der flachen Hand auf den Hinterkopf, worauf ihm das Kinn auf die Brust fiel. Dann schlug er sich auf die Stirn, den Kopf warf es wieder zurück.

Er gähnte erneut.

Außer dem Ticken des altmodischen Weckers, der zwischen dem altmodischen Telefon und einem Aschenbecher auf dem Nachtkästchen stand, war nichts zu hören. Robert konzentrierte sich auf das Ticken, das wie die Sonnenstrahlen etwas ankündigte.

»Tick«, sagte er, »tick, tick tick …«

MORGENNEBEL

Robert starrte auf das Telefon, dessen Konturen vor seinen Augen verschwammen. Ein plötzlicher Schwindel hatte ihn erfasst, der die Dinge in einem anderen Licht erscheinen ließ. Sein Bett wurde zu einem Floß, das auf trübem Gewässer schaukelte, und das Telefon zu einem kleinen gefährlichen Tier, das nicht unterschätzt werden durfte.

Robert zündete sich eine Zigarette an. Er tat es mit langsamen Bewegungen, um die lauernde Bestie nicht zu erschrecken. Eines Tages würde er einen Käfig für das Tier kaufen, nur sein Schwanz würde draußen bleiben dürfen.

»Dämonisierung, schwindlige«, sagte er und legte sich auf den Rücken.

In der Holzmaserung der schrägen Mansardendecke erkannte er seine alten Bekannten wieder: seltsame, wunderliche Gestalten, die alle stark verkrüppelt waren. Es handelte sich um Geschöpfe hauptsächlich männlichen Geschlechts, die von ihrem Schöpfer im Zustand äußerster Verwirrung geschaffen worden sein mussten. Dem einen fehlten ein Arm und ein Bein, einem anderen das halbe Gesicht, wieder ein anderer bestand nur aus einem Kopf, der in ein überdimensionales Glied überging ...

Wie oft hatte sich Robert mit diesen missgestalteten Männern unterhalten. Sie waren aus einer anderen Welt, einer Welt, die für ihn nichts Bedrohliches hatte. Er lächelte seinen Freunden zu und hüllte sie in eine Rauchwolke.

»Morgennebel«, sagte er leise.

EIN LIEBESGESTÄNDNIS

Robert setzte sich auf die Bettkante. Im Aschenbecher lag der traurige Rest eines Apfels, den er am Vorabend gegessen hatte. Der Apfelrest wurde zu einer Leiche, deren Verwesungsgeruch bald seine Nase erreicht haben würde.

»Ich bin lächerlich«, sagte er und drückte die Zigarette auf der Leiche aus. Der Zigarettenstummel wurde zum leichenschänderischen Wurm. Stillleben mit Asche, Leiche und Wurm, dachte Robert und wandte sich wieder dem Telefon zu. Vorsichtig näherten sich seine Hände dem unberechenbaren Tier. Er hob den Hörer ab und wählte eine siebenstellige Nummer.

Robert begann am ganzen Körper zu zittern, als sich diesmal eine Frauenstimme meldete. Weder ein Husten, noch die Ahnung eines Rasierwassergeruchs, sondern ein freundliches »Ja, bitte?«.

»Ich bin es«, sagte Robert und hielt den Hörer vom rechten Ohr ans linke, vom linken wieder ans rechte.

»Und wer bist du, wenn ich fragen darf?«

»Robert.«

Eine kurze Pause entstand, während sich Robert mit zitternden Händen – den Hörer drückte er mit der Schulter ans Ohr – eine weitere Zigarette anzündete.

Endlich sagte die Frau: »Ich kenne keinen Robert. Sie müssen sich verwählt haben.«

»Ich liebe Sie!«, rief Robert und legte auf.

DER PENIS

Als sich Robert wieder beruhigt hatte, sah er an sich hinunter. Er war nackt. Zwischen den haarigen Schenkeln kauerte der Schwanz auf dem haarigen Sack.

Robert stülpte die Vorhaut zurück. Er ging zum Schreibtisch, nahm einen Filzstift und setzte sich wieder aufs Bett. Mit dem Filzstift malte er einen Strich und zwei Punkte über den Penis-Mund: eine Nase und zwei Augen. Er drückte mit Daumen und Zeigefinger die Eichel zusammen, sodass sich der Mund öffnete.

»Gu-ten Mor-gen«, sagte er mit hoher Stimme, wobei er die Eichel bei jeder Silbe zusammendrückte, »mir ist schlecht, ich glau-be, ich muss kot-zen.« Er eilte zum Waschbecken, das sich hinter einem Vorhang in einer Nische der Mansarde befand, und schon kamen Unmengen von Flüssigkeit aus dem kleinen Mund.

Robert stöhnte orgastisch.

Als der Druck nicht mehr so stark war, unterbrach er den Strahl alle paar Sekunden, um das Ganze realistischer aussehen zu lassen.

DER PICKEL

»Zum Kotzen!«, sagte Robert und betrachtete feindselig sein Gesicht im Spiegel. Über dem rechten Mundwinkel bemerkte er einen großen gelben Pickel, den er sofort ausdrückte.

Als er den winzigen Blutstropfen sah, der dem Eiter folgte, wandte er sich abrupt ab und ging aufgeregt im Zimmer hin und her. Er kniff die Augen zusammen, sein Gesicht verzerrte sich, er beschleunigte die Schritte und knallte mit dem Kopf gegen die Dachschräge. Der Kopf begann zu dröhnen, ein erneuter Schwindel machte ihn taumeln. Während er einen Fluch ausstieß, begann der Wecker zu rasseln.

»Apokalypse!«, schrie Robert und umklammerte mit beiden Händen seinen Kopf, in dem eine Bombe detoniert war, deren Druckwelle ihm den Atem raubte. Er sank zu Boden und wand sich wie ein Hund, dem man den Schwanz ausgerissen hatte.

Als endlich das Echo der Detonation verebbt war, das Rasseln aber nicht aufhören wollte, dachte er scharf nach und stellte mit einem entschiedenen Schlag den Wecker ab.

»Still«, sagte er atemlos und legte den Zeigefinger auf die Lippen, »Maria schläft noch, ich darf sie nicht wecken.«

Er hielt das Ohr an die Tür. Außer einem leisen Ticken und Dröhnen konnte er nichts hören.

DIE LIEBEN NACHBARN

Robert öffnete das Fenster.

»Schiff ahoi!«, sagte er, als die frische Morgenluft ins Zimmer strömte. Er atmete tief ein und setzte sich an den Schreibtisch, der unter dem Fenster stand. Ein alter Schreibtisch aus Holz, mit Schubladen, in denen man vieles verstauen konnte. Eigentlich war das Möbelstück zu groß für die Mansarde, aber Robert hatte es so ins Herz geschlossen, dass er es nicht gegen einen kleineren Tisch, der weniger Platz verbrauchen würde, eintauschen wollte.

»Kommandobrücke«, sagte er und strich zärtlich über das dunkle Holz, in dem schon einige ihre Spuren hinterlassen hatten.

Im Haus gegenüber regte sich noch nichts. Die Vorhänge waren zugezogen, er fühlte sich unbeobachtet. Er konnte die Nachbarn, einen Frührentner und dessen Frau, nicht ausstehen, obwohl er noch nie ein Wort mit ihnen gewechselt hatte. Von Maria wusste er, dass mit den beiden nicht zu spaßen war. Sie hingen zum Beispiel einem Erziehungsmodell an, in dem die Prügelstrafe eine wichtige Rolle spielte. Ihr einziger Sohn hatte sich noch vor seinem achtzehnten Lebensjahr erhängt, was sie darauf zurückführten, dass sie ihn nicht oft genug verprügelt hatten …

Robert dachte an die aufgeschwemmten Gesichter des Mannes, der den ganzen Tag am Fenster stand, und seiner Frau, die den ganzen Tag im Haus herumwerkelte, und schnitt eine Grimasse.

Die zwei Fotos

Robert öffnete eine Schublade des Schreibtisches, holte zwei Fotos heraus und legte sie vor sich.

Das eine Foto zeigte eine Frau, die ein Kind in den Armen hielt, das eine Puppe an sich drückte. Im Hintergrund eine Wiese, durch die ein schmaler Weg zu einem Wald führte. Am Wegrand stand ein großes Holzkreuz schief in der Landschaft.

Die Frau blickte stolz und herausfordernd in die Kamera; das Kind, ein Mädchen, dem Stirnfransen in die Augen hingen, machte einen verängstigten Eindruck.

Auf dem zweiten Foto war ein alter Mann zu sehen, der in einem Krankenbett lag. Schläuche führten von seinen Armen weg, unter dem Kehlkopf klebte ein Pflaster. Der Mann sah müde aus. Die Wangen waren eingefallen, und die Augen lagen tief in ihren Höhlen. Ein Auge war fast geschlossen, das andere weit aufgerissen – die hochgezogene Augenbraue gab dem Gesicht einen trotzigen, spitzbübischen Ausdruck. Verstärkt wurde dieser noch durch eine Pistole, die der Mann in den Händen hielt. Deutlich war zu erkennen, dass es sich dabei um eine Pistole aus Plastik handelte, eine Wasserspritzpistole.

»Es war einmal«, sagte Robert.

Ein Selbstmordversuch

Robert nahm das Foto mit der Frau und dem Mädchen, presste es an die Stirn und schloss die Augen. Sein rechter Fuß klopfte einen nervösen Rhythmus auf den Boden.

Nach einer Weile nahm er das zweite Foto und verfuhr mit ihm wie mit dem ersten. Diesmal lösten sich aus seinen

Augenwinkeln zwei Tränen. Als sie den Mund erreicht hatten, nahm sie die Zunge in Empfang.

»Stiller Ozean«, sagte Robert.

Er legte die Fotos zurück in die Schublade und griff nach der Pistole, die auf dem zweiten Foto zu sehen war.

»Ein ty-pisch-er Re-vol-ver-held«, sagte er mit jener Stimme, die er dem Penis geliehen hatte. Er lachte kurz auf und ließ die Pistole um einen Finger kreisen. Dann hielt er sie unter den Wasserhahn und füllte sie mit Munition. Nach einem langen Blick in den Spiegel streckte er seine Zunge heraus und hielt den Lauf der Waffe an die Schläfe.

»Bella Sau, bella Sau, bella Sau, Sau, Sau«, sang er und drückte ab. Erst nachdem er ein paar Mal gepumpt hatte, löste sich ein Schuss. Der harte Strahl traf seine Schläfe, und kurz darauf rann kaltes Blut über Wange und Hals.

»Misslungen«, sagte er und ließ die Pistole ins Waschbecken fallen.

Der Entschluss

Robert beugte sich aus dem Fenster und sah auf die Straße. Immer noch war er nackt. Es fröstelte ihn.

Kein Mensch war zu sehen, die Autos standen wie verwunschen auf ihren Parkplätzen.

»Geisterstadt«, sagte Robert.

Und plötzlich fiel ihm wieder der Entschluss ein, den er am Vorabend gefasst hatte. Er würde Maria verlassen, zumindest für einige Zeit.

DAS LICHT IM FENSTER

Robert stand an der Bushaltestelle gegenüber Marias Haus. Er wusste, dass hier verschiedene Busse hielten, die in verschiedene Richtungen fuhren. Seit er bei Maria wohnte, hatte er das Haus kaum verlassen, mit einem Bus war er hier noch nie gefahren. Manchmal hatte er kleine Spaziergänge unternommen, doch jetzt wollte er aus der Stadt hinaus. Den ersten Bus würde er nehmen und bis zur Endstation fahren.

Robert sah zum Fenster seiner Mansarde hinauf. Die Buche neben dem Haus streckte ein paar Zweige danach aus.

Er glaubte, sein Telefon läuten zu hören. Dem Tier war wohl langweilig.

Auf Roberts Fensterbrett stand eine leere Weinflasche. Er hatte sie dorthin gestellt, bevor er aus dem Zimmer gegangen war. Dabei hatte er an Tom Sawyers Tante Polly gedacht, die, wenn er sich recht erinnerte, ein Licht ins Fenster gestellt hatte, nachdem Tom verschwunden war und sie das Schlimmste befürchtete. Das Licht sollte ihm den Weg zurück nach Hause weisen, war Zeichen der Hoffnung, dass er heimkehren würde.

Den Wein hatte Robert am Vorabend getrunken. Im Rausch war ihm dann auch die Idee gekommen, für eine Weile fortzugehen. Wohin ihn seine Reise führen würde, wusste er nicht.

DER BLITZ

Robert kamen Zweifel, ob um diese frühe Zeit schon Busse fahren würden. Er machte Anstalten, auf dem Fahrplan nachzusehen, ließ es dann aber bleiben.

»Freitag«, sagte er, und überquerte die Straße.

Wieder hatte er diese nebulosen Todesahnungen, die ihm schon seit Wochen zu schaffen machten. Immer wieder, in unregelmäßigen Abständen, tauchten sie aus heiterem Himmel auf, umwölkten seinen Verstand und bewirkten, dass er sich in die Hosen machte.

Er schüttelte verärgert den Kopf, um kurz darauf zusammenzuzucken: Die Gewissheit, dass er bald sterben würde, war wie ein Blitz durch ihn gefahren. Noch nie zuvor hatten sich die nebulosen Ahnungen zu solcher Gewissheit verdichtet. Über ihm zwitscherten Vögel.

2. TEIL

Ein gehetztes Leben, Sport und Leibesübungen hatten mir nie zugesagt. Ich war immer ein Bücherwurm, und so nannten mich meine Eltern und Geschwister in meiner Jugend.

JACK LONDON, *Der Seewolf*

Eine Lüge

»Einfach weggehen, ohne dich von deiner Großmutter zu verabschieden, das haben wir gern«, sagte Maria, nachdem Robert wieder zuhause angekommen war.

»Ich dachte, du schläfst noch«, sagte er und sah an Maria vorbei.

Ihr Anblick tat ihm weh. Sie schien über Nacht uralt geworden. Mit einer Hand hielt sie den Morgenmantel über der flachen Brust zusammen, mit der anderen fuhr sie sich durchs schüttere Haar, das ihr in alle Richtungen vom Kopf stand. Es war Robert noch nie so richtig bewusst geworden, dass sie schneeweißes Haar hatte.

Der Frühstückstisch

Als Robert den gedeckten Tisch sah, dachte er daran, dass er noch nie mit Maria gefrühstückt hatte. Er war immer sehr spät zu Bett gegangen und ein Langschläfer gewesen. Die Träume am Vormittag hatten ihm nicht erlaubt, früh aufzustehen. Sie hatten ihn ans Bett gefesselt wie an einen Marterpfahl.

Auf dem hölzernen Tisch befanden sich ein Brett mit Schwarzbrot, ein Glas Marillenmarmelade, ein kleiner Teller mit einem Stück Butter, Messer, Löffel, eine Dose Zucker, eine Flasche Milch und zwei leere Tassen auf zwei Untertassen. In der Mitte stand eine Vase mit Blumen, die Robert nicht kannte.

Der Anblick des Frühstückstisches trieb ihm den Schweiß auf die Stirn. Er nahm eine Untertasse und fächelte sich damit Luft zu.

»Glaubst du, dass es UFOs gibt?«, fragte er.

Maria nahm ihm die Untertasse aus der Hand und stellte sie zurück auf den Tisch.

»Was es ganz bestimmt gibt, sind junge Burschen, die nicht alle Tassen im Schrank haben. Ob es UFOs gibt, weiß ich nicht. Aber dass Untertassen keine Fächer sind, weiß ich.«

»Ich bin ein Mann«, sagte Robert in beleidigtem Tonfall.

»Ich weiß, ich weiß«, Maria drückte seinen Unterarm, »ein junger Mann, der ...« Sie begann zu hüsteln, hielt sich die Hand vor die Stirn und ließ sich erschöpft auf einem Stuhl nieder.

Robert wandte seinen Blick ab. Er konnte es nicht mitansehen, wenn Maria solche Schwächen zeigte.

DAS KRUZIFIX

Robert betrachtete das Bild, das neben dem Fenster an der Wand hing. Von Maria wusste er, dass es von einem Maler stammte, der längst die Augen für immer geschlossen hatte.

Das Bild stellte eine armselige, verlassene Hütte an einem Waldrand dar. Im Hintergrund ein See, über dem sich zerklüftete Felsen und Wolken türmten. Im Augenwinkel nahm Robert ein Kruzifix wahr. Dabei handelte es sich um kein gewöhnliches Kruzifix. Anstelle des Gekreuzigten war ein Frosch ans Holz genagelt. Ein Frosch, der offensichtlich von einem Autoreifen platt gewalzt worden war.

Robert konnte sich nicht erinnern, dieses sonderbare Kruzifix je gesehen zu haben.

»Was hast du?«, fragte Maria besorgt. »Geht es dir nicht gut?«

»Mir geht es ausgezeichnet!«, sagte Robert barsch. In seinem Kopf begann es zu rauschen.

Maria erhob sich von ihrem Stuhl, stellte sich vor Robert und sah ihm in die Augen. Dabei nickte sie mit dem Kopf, als wollte sie ihm etwas bestätigen.

Robert war nicht in der Lage, sie anzusehen. Erst als sie ihn zärtlich im Nacken berührte, hörte das Rauschen in seinem Kopf auf.

»Entschuldige«, sagte er schuldbewusst.

WAS WEDER DIE ALTEN NOCH DIE JUNGEN FRAUEN MÖGEN

»Ich habe dich sehr gern, das weißt du«, sagte Maria, woraufhin Robert nicht anders konnte, als sie in die Arme zu nehmen. Er drückte sie fest an sich und gab ihr Küsse auf das schneeweiße Haar, das seine Nase kitzelte.

Als er sie nach einer Weile losließ, wankte sie – so, als müsste sie sich erst wieder daran gewöhnen, nicht gehalten zu werden.

»Eine alte Frau so abzuknutschen!« Sie rückte energisch ihren Morgenmantel zurecht. »Aber eines sage ich dir: Das mögen weder die alten, noch die jungen Frauen, dass man sich still und heimlich aus dem Staub macht!«

»Ich wollte dir schreiben.«

»Das sieht dir ähnlich!«

DIE GLUT

»Und jetzt mach nicht so eine Sterbensmiene!«, sagte Maria und deutete zum Herd. »Gib lieber das Wasser in den Filter, es sprudelt schon die längste Zeit.«

Maria setzte sich wieder hin und sah Robert dabei zu, wie er das kochende Wasser auf den Kaffee im Filter goss.

»Ich wusste«, sagte Maria, während sie zum Fenster hinaussah, »dass es nicht ewig so weitergehen würde. Du bist jung, hast Energien und kannst nicht dauernd in deinem Zimmer hocken, die Nase in Bücher stecken oder Löcher in die Wände starren. Wenn ich nur wüsste, was in deinem Kopf vorgeht, was sich dort drinnen abspielt. Als ich jung war ...«

»Gestern hat er mich wieder beobachtet!«, unterbrach Robert Marias Redeschwall.

»Wer hat dich beobachtet?«

»Der Fettsack von gegenüber.«

Maria machte eine wegwerfende Handbewegung.

»Ich konnte ihn nicht sehen«, fuhr Robert hastig fort, »er hatte das Licht ausgeschaltet. Aber immer wieder sah ich im Dunkeln die Glut seiner Zigarette aufglimmen. Er fühlte sich sicher in der Dunkelheit ...«

Maria lachte. »Du weißt, dass du ein anderes Zimmer haben kannst ...«

Robert dachte an seine Freunde.

Im Angesicht des Todes

Robert hatte großen Appetit, was bei ihm nur selten vorkam. Ein Marmeladebrot nach dem anderen verschwand in seinem Mund, und auch der Kaffee schmeckte ihm wie schon lange nicht mehr. Als er endlich genug hatte, schob er den Teller von sich weg und fasste über den Tisch nach Marias Hand.

»Ich muss jetzt gehen.«

»Schade«, sagte Maria, »es ist wirklich schade, dass dein Großvater nicht mehr lebt. Otto hätte dich schon auf Vordermann gebracht ...«

Robert drückte ihre Hand.

Sie lächelte verträumt. »Habe ich dir schon gesagt, dass du ihm sehr ähnlich siehst?«

»Schon oft«, antwortete Robert und fügte hinzu: »Ich habe heute wieder das Foto angeschaut, das mit der Pistole, im Spital ...«

Maria wusste sofort, welches Foto er meinte. »Du lieber Himmel!«, rief sie aus, entzog ihm ihre Hand und hielt sie an die Wange. »Das Gesicht von dem Priester hättest du sehen sollen, als ihn Otto mit der Spritzpistole beschossen hat. Das war eine Letzte Ölung«, sie schlug die Hände zusammen, »du meine Güte! Nie werde ich dieses Gesicht vergessen. Gegangen ist der Priester aber erst ...«

Robert hörte nicht mehr zu. Er kannte die Geschichte. Erst als Maria auf ihre Tochter zu sprechen kam, was sie schon seit Wochen nicht mehr getan hatte, horchte er auf.

»... deine arme Mutter, ganz der Vater ...«

Robert stoppte ihren Redefluss, indem er sich ruckartig vom Stuhl erhob und dabei mit voller Wucht gegen die Tischkante stieß.

EIN KLEINER TOD

»Ich gehe dann!«, sagte Robert übertrieben laut.

»Mein armer Junge«, Maria hatte plötzlich Tränen in den Augen, »was soll nur mit dir werden ...«

»Ich gehe dann«, wiederholte Robert.

»Ja, geh nur! Geh wie alle anderen!«, schrie Maria mit einer fremden Stimme.

Robert erkannte seine Großmutter nicht wieder. Aus ihrem linken Auge leuchtete der Wahnsinn, aus ihrem rechten sprühte der Hass. Alles in allem drückte ihr zerknittertes Gesicht jetzt eine Verzweiflung aus, die ihm durch Mark und Bein ging. Er wich zurück.

»Geh nur! Verschwinde endlich!« Maria schlug mit beiden Fäusten auf den Tisch. »Worauf wartest du noch! Geh endlich …«

Robert stammelte einen Abschiedsgruß, der aber von ihrem Schreien übertönt wurde, und eilte zur Haustür.

»Ich will dich nicht mehr sehen!«, brüllte Maria, dann schloss sich hinter ihm die Tür mit einem lauten Knall.

TOTE AUGEN

Robert rannte. Nichts wie weg, dachte er, weit weg!

Er riss das Gartentor auf, wollte die Straße überqueren, prallte aber noch am Gehsteig mit einem Mädchen zusammen.

»Entschuldigung«, stieß er hervor.

Das Mädchen hielt in der rechten Hand einen Stock, in der linken eine Handtasche. Sie trug eine dunkle Sonnenbrille und hatte eine gelbe Armbinde, auf der sich drei schwarze Punkte befanden.

»Wer sind Sie?«, fragte das Mädchen und berührte Robert mit ihrem Stock am Bein.

Robert gab keine Antwort. Er atmete schwer.

»Ich heiße Julia, bin auf dem Weg zum Zahnarzt, mir ist langweilig und wie ich aussehe, das sehen Sie. Aber wer sind

Sie und was machen Sie? Warum rempeln Sie ein blindes Mädchen an? Haben Sie mich nicht gesehen?«

»Nein«, erwiderte Robert, »ich habe Sie nicht gesehen.«

»Jetzt kenne ich wenigstens Ihre Stimme besser. Haben Sie vor etwas Angst? Sie machen so einen verschreckten Eindruck.«

»Ich kann sehen«, sagte Robert. Er wusste nicht, warum ihm das herausgerutscht war, und beeilte sich hinzuzufügen: »Ich heiße Robert und gehe weg.«

»Wohin gehen Sie?«

»Das weiß ich nicht. Mit dem nächsten Bus fahre ich bis zur Endstation. Ich hoffe, er fährt aus der Stadt hinaus ...«

»Gefällt es Ihnen nicht in der Stadt?«

»Weder in der Stadt, noch am Land. Und das, was dazwischen liegt, ist das Schlimmste!«

»Sehr originell«, sagte das Mädchen mit leisem Spott.

An der Haltestelle hielt ein Bus. Seine glatte Seitenwand reflektierte das Licht und glitzerte in der Sonne.

ROBERTS AUSSEHEN

»Wie sehen Sie aus?«, fragte das Mädchen. »Ich will immer wissen, wie die Menschen aussehen, mit denen ich zusammenstoße. Meistens bin ich diejenige, die schuld daran ist, weil ich gern rede ... Also, wie sehen Sie aus?«

»Ich sehe aus wie ein junger Mann.«

Das Mädchen lachte. »Sie weichen mir aus.«

»Ich bin mit Ihnen zusammengestoßen.«

»Sie weichen mir schon wieder aus.«

»Sie sind blind!«

»Ja und?«

»Ich kann blinde Frauen nicht ausstehen!«

Das Mädchen erstarrte.

Robert riss sich von ihr los, überquerte die Straße und stellte sich an die Bushaltestelle.

Maria stand am Fenster und winkte zaghaft. Robert konnte sie nicht sehen, er sah in eine andere Richtung.

DIE FLASCHE

Die Blinde ging die Straße hinunter. Das Klopfen ihres Stockes hörte Robert noch, als sie längst in eine Seitengasse abgebogen war. Je leiser das Klopfen wurde, das von außen an seine Ohren drang, desto lauter pochte es im Inneren seines Kopfes.

Robert presste die Handballen gegen die Ohren. Es nützte nichts. Das Klopfen steigerte sich zu einem unerträglichen Hämmern, das seine Trommelfelle zu zerreißen drohte. Er glaubte, sein Kopf müsse zerspringen, krallte die Finger in die Haare, riss daran, sah hilfesuchend zum Fenster seiner Mansarde hinauf – augenblicklich verstummte der quälende Lärm und machte einer tödlichen Stille Platz. Wo war die Flasche hingekommen? Warum war sie vom Fensterbrett verschwunden?

Robert hätte schwören können, dass er die Flasche aufs Fensterbrett gestellt hatte, ja, er wusste, dass er sie dorthin gestellt hatte, bevor er aus dem Zimmer gegangen war. Was zum Teufel hatte das zu bedeuten?

Robert biss sich auf die Zunge.

Es war unwahrscheinlich, dass Maria in seinem Zimmer gewesen war. Ausgeschlossen! Seit er bei ihr wohnte, war es nie vorgekommen, dass sie sein Zimmer betreten hatte.

Robert rieb sich die Augen, aber die Flasche blieb verschwunden. Er spürte ein flaues Gefühl im Magen und kehrte dem Haus den Rücken zu.

»Blindes Huhn«, murmelte er und fügte hinzu: »Schwarzer Hund.«

Zwei Pensionisten, die wie er auf einen Bus warteten, sahen ihn neugierig an.

Nachdenken über das Verschwinden der Flasche

Robert ging an der Bushaltestelle auf und ab. Mit nervösen Bewegungen zündete er sich eine Zigarette an, nahm einen hastigen Zug und hustete, dass ihm die Tränen aus den Augen rannen.

Immer wieder sah er zum Fenster seiner Mansarde hinauf.

Wer hatte die verdammte Flasche entfernt? – Um diese Frage kreisten seine Gedanken, jagten einander von einer Sackgasse in die andere.

Gespräch über das Verschwinden der Flasche

»Geht es Ihnen nicht gut?«, fragte einer der beiden Pensionisten. »Kann ich Ihnen vielleicht irgendwie helfen?«

Robert brauchte eine Weile, bis er verstand. Schließlich antwortete er: »Mir geht es so gut, dass ich es kaum aushalte.«

Der Mann stützte sich auf seinen Spazierstock und sah Robert mitfühlend an. »Sie sind ja ganz aus dem Häuschen.«

»Ich denke über das Verschwinden einer Flasche nach«, platzte Robert hervor. »Als ich vorhin das Haus verließ, stellte ich die Flasche aufs Fensterbrett. Jetzt steht sie

nicht mehr dort!« Er zeigte mit der Hand zum Mansarden-
fenster.

»Sie wohnen da?«, fragte der Mann.

»Ja, aber was hat das mit dem Verschwinden der Flasche
zu tun?«

Der Mann winkte ab. »Bei mir zuhause verschwinden
auch andauernd Flaschen.«

»Ist das wahr?«, fragte Robert ungläubig.

»So wahr, wie ich hier stehe. Und wissen Sie, wer die
Flaschen verschwinden lässt? – Meine Frau natürlich!« Der
Mann brüllte los vor Lachen.

Ein typischer Autofahrer

Als der Pensionist nicht aufhören wollte zu lachen, fuhr ihn
Robert an: »Ihre Frau interessiert mich einen Dreck!«

Der Mann traute seinen Ohren nicht, sein Lachen erstarb,
und das Blut schoss ihm in den Kopf, sodass sein Gesicht rot
aufleuchtete. Ein Autofahrer verwechselte es mit einer Ver-
kehrsampel und stieg voll auf die Bremse.

»Typisch«, sagte Robert.

Der Fahrer erkannte seinen Irrtum, stieß einen lauten
Fluch aus und trat wütend aufs Gaspedal.

»Haha«, sagte Robert, »jetzt wird's lustig.«

Ein typischer Pensionist

Der Pensionist rang nach Worten. Er räusperte sich, nahm
eine stramme Haltung an und fuchtelte mit dem Spazierstock in der Luft herum.

»Hören Sie, junger Mann«, sagte er endlich mit belegter Stimme, »ich glaube fast, Sie suchen Streit. Bei Ihnen tickt's wohl nicht richtig!«

Ein Bus bog am oberen Ende der Straße um die Ecke und näherte sich bedrohlich der Haltestelle.

Robert grinste verächtlich. »Sie sind ein Schlappschwanz, und der Bus wird Sie gleich fressen ...«

Der Mann holte mit seinem Stock zum Schlag aus.

»... Sie werden dem Bus aber nicht schmecken, fürchte ich, denn Sie sind ein unappetitlicher«, Robert wich geschickt dem Schlag aus, »alter Sack!«

GEGLÜCKTER START

Der Bus hielt.

Robert löste eine Fahrkarte bis zur Endstation und setzte sich auf einen der hinteren Plätze.

Die Pensionisten waren nicht zugestiegen. Der Mann, mit dem sich Robert gestritten hatte, redete jetzt lebhaft auf den zweiten Pensionisten ein, der neugierig lauschte und dabei ununterbrochen mit dem Kopf nickte. Als die beiden bemerkten, dass sie von Robert beobachtet wurden, drohten sie ihm mit geballten Fäusten und riefen etwas Unverständliches.

Warum fuhr der Bus nicht endlich los? Robert sah nach vorne. Eine alte Frau kam die Straße entlang gekeucht, als sei der Teufel hinter ihr her. Als sie endlich laut stöhnend und mit tiefrotem Gesicht eingestiegen war, konnte die Reise losgehen.

Robert lehnte sich zurück.

Es befanden sich nur wenige Leute im Bus. Ausnahmslos alte Menschen, die schweigend auf ihren Plätzen saßen und zum Fenster hinausschauten.

Hässliche Neubauten, verlassene Straßen, trostlose Plätze, lauernde Telefonzellen, gebückte Gestalten … Die Stadt war wie verwunschen: weder Kinder, noch Jugendliche.

Erneutes Gespräch über das Verschwinden der Flasche

Bei einer der nächsten Haltestellen stieg ein alter Mann zu, der Robert vom ersten Augenblick an unsympathisch war.

Er hatte sich nicht getäuscht. Der Mann kam nach hinten und setzte sich mit einem »Guten Morgen« neben Robert.

Im ganzen Bus waren höchstens zehn Plätze besetzt, aber der alte Mann musste unbedingt neben Robert sitzen. Ausgerechnet neben mir, dachte er, ich habe es gewusst.

»Schönes Wetter heute …«, sagte der alte Mann, kaum dass der Bus wieder losgefahren war.

Robert stöhnte auf.

»… finden Sie nicht auch?«

»Hören Sie, alter Mann«, antwortete Robert mit unterdrückter Wut, »ich beschäftige mich mit dem Verschwinden einer Flasche und will dabei nicht gestört werden!«

»Das kenne ich«, erwiderte der Mann verständnisvoll. »Bei mir sind früher auch immer Flaschen verschwunden. Und was glauben Sie, wer die Flaschen verschwinden ließ? – Meine Frau!«

»Was Sie nicht sagen.«

Alt und weise

Robert registrierte den süßlichen Rasierwassergeruch, der von dem alten Mann ausging, und rümpfte angewidert die

Nase. Er spürte, wie sein Herz schneller zu schlagen begann, wie sich etwas in ihm zusammenbraute.

Er drehte sich zur Seite, wobei er den Mann wegdrängte, bückte sich und schaute unter den Vordersitz.

»Suchen Sie etwas?«

»Abenteuer.«

»Da unten?«, fragte der Mann belustigt.

»Wo denn sonst!«

»Das ist ein guter Witz!« Der Alte stieß einen Lacher aus, der in ein Husten überging.

Robert setzte sich erschrocken auf. »Kein Witz«, murmelte er, während der Mann von Krämpfen geschüttelt wurde und sein rechtes Bein immer wieder Roberts linkes Bein berührte. Eine Welle von Ekel überkam ihn.

»Rauchen Sie?«, fragte der Mann, nachdem er sich von seinem Hustenanfall erholt hatte.

Robert schwieg.

»Ich habe früher viel zu viel geraucht, obwohl ich wusste, dass es mir nicht guttut. Das habe ich jetzt davon. Aber wenn man jung ist …«

Robert schlug die Beine übereinander und verschränkte die Arme vor der Brust.

»Wissen Sie, junger Mann«, begann der Alte von Neuem, »ich war auch einmal jung, aber ich habe immer nur Pech gehabt … Und heute, mit all den Ausländern – es ist nicht mehr wie früher … Ach ja … Meine Frau, eine treue Seele, ist vor drei Jahren gestorben. Es kommt mir vor, als sei es gestern gewesen. Und Topfenstrudel konnte sie backen … Wenn ich Ihnen einen guten Rat geben darf …«

»Nein!«, unterbrach ihn Robert, der entschieden genug hatte. »Ein Klischee nach dem anderen, das ist ja widerlich!«

»Wie bitte?«, fragte der Mann verstört.

»Wenn Sie's genau wissen wollen, Ihr guter Rat interessiert mich einen Scheißdreck, und den Topfenstrudel können Sie sich in die Haare schmieren!«

Der alte Mann zuckte zusammen, öffnete den Mund und schloss ihn wieder. Er fingerte nervös in seiner Hosentasche herum, brachte schließlich ein Taschentuch zum Vorschein, verbarg sein Gesicht darin und schnäuzte los.

Als er das Taschentuch wieder weggesteckt hatte, kamen seltsame Laute aus seiner Kehle: eine Mischung aus Singen, Summen und Stöhnen. Dazu der süßliche Geruch!

Robert warf ihm einen hasserfüllten Blick zu und sah, dass er aus der Nase blutete. Der alte Mann schien gar nicht zu merken, dass er ein Leck hatte und ein Blutstropfen auf den Ärmel seiner Jacke fiel. Der Tropfen klatschte mit ohrenbetäubendem Lärm auf, vor Roberts Augen flimmerte es rot. Er sprang von seinem Sitz.

»Saukerl!«, sagte er, stieß den Mann unsanft beiseite und setzte sich auf einen anderen Platz.

SONNE IM MUND

Robert konzentrierte sich auf den Bus – auf die Bewegungen, die er machte, und die Laute, die er von sich gab.

Der Fahrer glaubte, er habe ihn unter Kontrolle, aber Robert wusste es besser: Der Bus verstellte sich nur, während er auf den Tag seiner Rache wartete. In Wirklichkeit war er ein Tier, das es schon lange satt hatte zu tun, was man von ihm verlangte. Ursprünglich gutmütig und naiv, war es immer unzufriedener geworden mit dem, was es so transportieren musste, mit der Rolle, die es spielte. Es hatte die Schnauze voll und sah dem Tag entgegen, an dem es ausbrechen und sich rächen würde.

»Moby Dick«, sagte Robert und streichelte die Seitenwand des Busses.

Im Fenster spiegelten sich sein Unterkörper, die Oberschenkel und die Hände, die jetzt zwischen den Beinen lagen.

Die Sonne brannte ihm ins Gesicht. Er genoss die Wärme auf seiner Haut – sie hatte etwas Verheißungsvolles.

Er gähnte, und die Sonne schien ihm in den Mund.

Zwei Mädchen

Plötzlich hörte Robert lautes Gelächter. Zwei Mädchen stiegen zu, die nur leicht bekleidet waren. Sie hatten Badesachen dabei und setzten sich drei Reihen vor ihn.

»Dio cane!«, entfuhr es Robert.

Die Mädchen ließen ihrer guten Laune freien Lauf. Zügellos klatschten sie sich gegenseitig auf die nackten Schenkel, hielten sich die nackten Bäuche, rangen nach Luft, prusteten wieder los, wischten sich die Lachtränen aus ihren verschwitzten Gesichtern.

Als Robert die Brustwarze eines der Mädchen sehen konnte, verschwamm ihm alles vor den Augen. Nur schemenhaft sah er, wie Haare durch die Luft geworfen wurden, Schenkel sich spreizten, als umklammerten sie rittlings ein Pferd, und immer wieder Haare.

Der Geruch von Sonnencreme stieg ihm in die Nase, reizte seine Sinne, und er hatte ein Bild vor Augen, das ihm das Wasser im Mund zusammenlaufen ließ. Feurige Hengste, deren glänzende Haut – schwarz mit einem blauen Schimmer – sich über den Muskeln spannte, galoppierten laut wiehernd in ein wildes, schäumendes Meer. Die weiße Gischt der Brandung explodierte unter den Hufen der entfesselten Tiere, spritzte zum Himmel, und es regnete Fische ...

Der Bus unter Robert begann zu vibrieren. Der gewaltige Unterleib des Tieres geriet in Erregung und schleuderte Robert in einer Kurve gegen das Fenster, während die hellen Stimmen der Mädchen an seine Trommelfelle brandeten.

Zwei Schreckschrauben

Der Zauber war verschwunden und hatte einer Nüchternheit Platz gemacht, die nach parfümierten Zierfischen roch. Vor Robert saßen zwei alte Frauen, die er bisher nicht wahrgenommen hatte. Die Haare der beiden waren offensichtlich gefärbt, denn die Natur konnte für ein solches Blond und Violett nicht verantwortlich gemacht werden.

»Puderdosen«, sagte Robert.

Eine plötzliche Traurigkeit zwang ihn, seine Blicke abzuwenden, aber er hörte, was die beiden redeten:

»Ein Glück, dass einem die nicht gehören.«

»Die müssen betrunken sein, sonst gibt es das nicht.«

»Und das am frühen Morgen!«

»Das ist nicht normal.«

Robert fiel auf, dass alle im Bus die Mädchen anstarrten, die nach wie vor bester Laune waren und sich in keiner Weise um die vornehmlich feindseligen Blicke kümmerten.

Die Frauen vor ihm begannen wieder zu schimpfen:

»Die gehören eingesperrt!«

»Die könnte ich ungespitzt in den Boden schlagen!«

»Wenn das meine Töchter wären ...«

»Kusch!«, zischte Robert dazwischen. »Ihr seid zwei alte Schreckschrauben«, fuhr er angewidert fort, »und wenn ich eure Mutter wäre, müsste ich mich andauernd übergeben.«

Robert machte ein hasserfülltes Gesicht, das seine Wirkung nicht verfehlte. Die Frauen wandten sich entsetzt ab und sackten in ihren Sitzen zusammen, wo sie leise zu röcheln begannen.

Er war mit sich zufrieden. Das jahrelange Grimassenschneiden vor dem Spiegel hatte sich zweifellos gelohnt. Er hatte es darin zu einer Perfektion gebracht, die, wie er glaubte, nicht zu übertreffen war.

Otto

Robert dachte an seinen Großvater, den er nie kennengelernt hatte, den er nur von Fotos und aus den Erzählungen Marias kannte. Als Otto starb, war Robert noch ein Säugling, der lustvoll in die Windeln machte und hemmungslos herumbrüllte, wenn ihm etwas gegen den Strich ging.

Maria erinnerte sich gern an den »alten Frauenschänder«, wie sie ihn manchmal liebevoll nannte, wenn sie ein Glas Wein getrunken hatte.

Robert lächelte und schloss die Augen.

Otto war ein leidenschaftlicher, aufbrausender, kompromissloser Mann gewesen, leicht zu begeistern und zu verführen. Fast bis zuletzt hatte er nicht nur zu Maria, sondern auch zu anderen Frauen intime Beziehungen. Am Anfang ihrer Ehe litt Maria unter seinen Eskapaden, verfluchte sich dafür, diesen Mann geheiratet zu haben und – zu lieben. Später begann auch sie, »ihre Nase in fremde Männer zu stecken«, wie Otto sich ausdrückte, und Gefallen daran zu finden. Otto hatte sie immer dazu ermuntert und war glücklich, dass sie endlich auf den Geschmack gekommen war.

Ihrer Liebe taten diese Ausschweifungen keinen Abbruch, im Gegenteil. Mit jedem Treuebruch wurden sie unzertrennlicher, und es war immer klar, dass sie zusammenbleiben würden.

Abends im Bett, beim Frühstück oder Mittagessen, im Café oder sonst wo erzählten sie einander von ihren Abenteuern, lachten über ihre vielfältigen Erlebnisse, freuten sich miteinander über besonders gelungene Seitensprünge des anderen und waren fest davon überzeugt, dass sie füreinander geschaffen worden waren.

Wenn Otto nicht zu betrunken war, was immer wieder vorkam, erzählte er Maria vor dem Einschlafen eine »Betthupferl-Geschichte«, wie er es nannte. Eigenartige und wirre Geschichten, die von Liebe, Tod und auch Wahnsinn handelten, als habe er sein Ende vorhergesehen.

Eines Tages kam Maria nach Hause und wurde von einem splitternackten Otto erwartet, der ihr ganz und gar nicht geheuer war. Um den Schwanz hatte er eine Schnur gebunden, an der sie ihn durchs Haus führen sollte. Als Maria sich weigerte, das zu tun, drohte er damit, ihr die Brustwarzen abzubeißen. Schweren Herzens erfüllte sie ihm schließlich seinen befremdlichen Wunsch, indem sie ihn an der Leine nahm und hinter sich herzog. Er bellte dabei wie ein Hund und sagte zwischendurch immer wieder, dass es auf der ganzen Welt keinen anderen Hund gäbe, der so lange Männchen machen könne wie er. Später leckte er Maria von oben bis unten ab, winselte und jaulte ...

Das war kurz bevor man ihn eingeliefert hat, nachdem er das Hunde-Spiel auch mit ihm unbekannten Frauen auf der Straße spielen wollte.

Robert fragte sich, ob Maria ein ähnliches Schicksal bevorstehen würde.

Er erinnerte sich an eine weitere Eigenart seines Großvaters: Otto hatte die Angewohnheit, Gegenständen, Pflanzen und Tieren in seiner Umgebung »persönliche Vornamen« zu geben. Einen Aschenbecher nannte er zum Beispiel »Kurt«, einen anderen »Max«, die Buche vor dem Haus »Barbara« …

»Alles aussteigen, Endstation!«, sagte der Busfahrer ins Mikrofon.

3. TEIL

… und sie war von dem Haare auf ihrem
Haupte bis zu den Nägeln ihrer Zehen so
gebildet, dass niemand sie ohne Wonne
anzuschauen vermochte.

ROBERT LOUIS STEVENSON, *Der Flaschenteufel*

Düstere Vorzeichen

Der Bus entfernte sich langsam, wurde immer kleiner und verschwand schließlich hinter einem Hügel.

Robert biss sich auf die Lippen. Ein heftiger Windstoß stellte ihm die Haare auf, und er musste daran denken, wie er als Kind davon geträumt hatte, später Pirat zu werden, oder zumindest Seefahrer.

»Mann über Bord«, sagte er leise.

Ein Auto, das aus dem Nichts aufgetaucht war, raste in einem Höllentempo an ihm vorbei, so knapp, dass er unwillkürlich einen Schritt zurückwich.

Irgendwo bellte ein Hund.

Robert fischte die Zigaretten aus seiner Jackentasche und zündete sich eine an. Er inhalierte mit einer solchen Gier, dass er glaubte, der Rauch dringe bis in seine Zehenspitzen.

»Verschollen«, sagte Robert.

Die Sonne brannte ihm ins Gesicht, rötete seine empfindliche Haut.

Was für eine Aussicht! Kein Mensch weit und breit, und die Häuser, die am Straßenrand kauerten, sahen aus wie hingeschissen.

Robert fühlte sich beobachtet, obwohl er keine Beobachter ausmachen konnte.

»Feiglinge«, sagte er, »man kennt eure fetten Ärsche, aber nicht die Farbe eurer Augen.«

Eine Spritztour

»Wo bin ich da hingeraten? Was habe ich hier zu suchen?«, fragte Robert.

Sein Blick fiel auf eine kleine Kapelle, die einen trostlosen Eindruck machte: Wind, Wetter und die allgemeine Gottlosigkeit hatten ihr arg zugesetzt. Es konnte nur noch eine Frage der Zeit sein, bis sie zusammenbrechen und endgültig den Geist aufgeben würde.

Hinter der Kapelle erstreckte sich eine Wiese, die an einen Wald grenzte. Der schmale Weg, der dorthin führte, stieg leicht an. Auf halber Höhe stand eine Sitzbank neben einem großen Holzkreuz.

Als Robert die Bank erreicht hatte, setzte er sich, schlug die Beine übereinander und blinzelte in die Sonne.

Aus der Entfernung sahen die Häuser jetzt aus wie Pickel, die darauf warteten, ausgedrückt zu werden. Was würde dabei herausspritzen?

»Menschen«, sagte Robert, »Tische, Stühle, Fernseher, Waschmaschinen, Pfannen, Töpfe, Radios, Haarsprays, Deodorants, Putzmittel, Zeitungen, Zeitschriften, Konservendosen, Plastikspielzeug, Betten …« Robert hielt in seiner Aufzählung inne. »Die reinste Spritztour!«

DIE SCHLÄGEREI

Robert sprang auf und begann auf der Stelle zu hüpfen.

»Was zum Teufel mache ich da!«, schrie er nach kurzer Zeit und ließ sich zurück auf die Bank fallen.

Schon seit Langem hatte er immer wieder das Gefühl, hilflos an Fäden zu zappeln, die er niemals würde zerreißen können. Er war einem fremden Willen unterworfen, der seine grausamen Spielchen mit ihm spielte.

»Lächerlich!«, sagte Robert, aber das Spielwerk drehte sich weiter.

Er hatte sich nicht in der Hand, sosehr er auch versuchte, er selbst zu sein. Er bekam einen trockenen Hals, schluckte.

Und wieder hatte er diese Todesahnungen, die ihm die Kehle zuschnürten und diesmal Tränen der Wut in die Augen trieben.

»Absurd!«, sagte er, aber das Gefühl ohnmächtigen Ausgeliefertseins blieb.

Verzweifelt ballte er die Hände zu Fäusten und schlug sich auf den Kopf.

»Old Shatterhand«, sagte er unter Tränen und schlug zu, immer fester und fester.

DAS KICHERN

Die Faustschläge taten ihre Wirkung. Robert fiel in Ohnmacht.

»Ich werde es schaffen«, sagte er, als er kurz darauf wieder erwachte, »und wenn ich dafür fünf Wochen in einem Ballon verbringen und die Quellen des Nils neu entdecken müsste ...«

Aus weiter Ferne hörte er ein irres Kichern, das er augenblicklich mit dem Verschwinden der Flasche in Zusammenhang brachte.

ANNA

Robert war so in Gedanken versunken, dass er nicht merkte, wie sich ihm ein Kind näherte.

Die Kleine trug ein buntes Sommerkleid, die kurz geschnittenen Haare standen lustig vom Kopf, die Füße steckten in Sandalen.

»Was machst du denn da?«, fragte sie, als sie dicht neben Robert stand. Der schreckte auf, als habe ihn eine Schwarze Witwe gebissen.

»Ich hab gesehen, dass du dir auf den Kopf geschlagen hast ...«

»Hau ab, du Minderjährige!«, fuhr Robert sie an und knirschte mit den Zähnen.

Das Mädchen dachte nicht daran, abzuhauen. »Sei doch nicht so bös zu mir. Ich bin erst fünf Jahre alt. Und du, wie alt bist du?«

Robert hielt sich stöhnend die Hände vors Gesicht. »Ich habe keine Ahnung, wie alt ich bin. Und jetzt verschwinde, oder ich reiße dir ein Ohr aus!«

»Jetzt bist du schon wieder so bös zu mir. Ich hab dir doch gar nichts getan. Bist du immer so?«

Robert nahm die Hände vom Gesicht, das schweißnass war, und äffte sie nach: »Ich hab dir doch gar nichts getan. Bist du immer so?«

Das Mädchen legte den Kopf schief. »Ich«, sagte sie lächelnd und deutete mit dem Zeigefinger auf ihre Brust, »heiße Anna. Und du?«

»Das ist mir hundewurscht, wie du heißt, verdammte Scheiße!«

»Na, na, so was sagt man nicht. Meine Mama und mein Papa ...«

»Halt's Maul!«, brüllte Robert, der jetzt am ganzen Körper zitterte.

Anna sah ihn besorgt an. »Was hast du denn? Geht es dir nicht gut?«

»Geht es dir nicht gut!«, schrie Robert. »Geht es dir nicht gut! Geht es dir nicht gut!«

»Ich kenne mich nicht aus«, sagte er schließlich leise, »ich verstehe rein gar nichts mehr. Weiße Schwester, mein Gehirn hat sich gedreht ...«

GESUNDHEIT

Anna berührte Robert sanft an der Schulter und sagte aufmunternd: »Hallo, ich bin auch noch da.«

Das Zittern hatte aufgehört. Robert hob müde den Kopf und blickte auf Anna, als sähe er sie zum ersten Mal.

»Wer bist du?«, fragte er.

»Anna. Und du?«

»Man nennt mich Robert.«

»Du bist ein komischer Kauz. Und wie du dir vorhin auf den Kopf geschlagen hast, das war lustig. Du bist verrückt, stimmt's?«

Robert schüttelte den Kopf. »Da bist du auf dem falschen Dampfer.«

»Ich bin schon ein bisschen verrückt. Es haben schon viele gesagt, dass ich verrückt bin ...«

»Blinder Passagier«, sagte Robert und musste niesen, vier Mal hintereinander.

»Gesundheit! Gesundheit! Gesundheit! Gesundheit!«, sagte Anna.

PHU

Robert holte sein Taschentuch hervor und schnäuzte sich.

»Segon!«, sagte er, nachdem er das Taschentuch wieder weggesteckt hatte.

Anna sah ihn verwundert an. »Was soll das heißen?«

Robert fühlte sich wie ein Fisch im Wasser. »Segon«, sagte er lebhaft, »heißt in der Sprache der Irokesen so viel wie ›Nur lustig! Sei frohen Mutes!‹ – Das riefen die Irokesen auch denen zu, die sie folterten, indem sie ihnen zum Beispiel mit Zangen die Finger- und Zehennägel herausrissen ...«

»Bäh!«, rief Anna angewidert.

Robert lächelte verträumt. »Wonondongah«, sagte er, »reitet auf dem Kondor, Quiqueg schläft in seinem Sarg ... Warst du schon einmal in Patusan?«

Anna schnitt eine Grimasse. »Ich weiß ja gar nicht, wo das ist!«

Robert war sichtlich enttäuscht. »Du bist ziemlich ungebildet, weißt du das?«

»Macht mir nichts aus. Ich geh ja noch nicht in die Schule.«

»Jahuuu! In deinem Alter habe ich die Bücher nur so verschlungen ...«

»Mit fünf Jahren?«

Robert ging nicht darauf ein. »Die Mohawks«, fuhr er fort, »machten sich über die Weißen lustig, die ihre Nasen in schöne Tücher bliesen, dann die Tüchlein einsteckten und das Geschnäuz mit sich trugen, als wäre es etwas Wertvolles und Kostbares.« Er holte sein Taschentuch wieder hervor.

Anna wurde langsam ungeduldig. »Und wer soll das sein, die Mohacks?«

»In Patusan wurde ein Freund von mir erschossen«, war Roberts aufschlussreiche Antwort.

»Phu!«, sagte Anna und setzte sich neben ihn auf die Bank.

DAS SPRECHENDE TASCHENTUCH

Robert machte einen Knopf in sein Taschentuch und breitete es über seine Hand, um es Anna vors Gesicht zu halten. Der Zeigefinger steckte im Knopf, der zum Kopf wurde.

»Ich«, sagte Robert mit seiner hohen Stimme, wobei er den Zeigefinger bei jeder Silbe krümmte, »ha-be et-was sehr Wich-ti-ges ver-ges-sen ...«

Anna lachte und klatschte begeistert in die Hände.

Von der Straße herauf war Reifenquietschen zu hören – wieder raste ein Wahnsinniger durchs Dorf.

Robert stieg das Blut in den Kopf. »Eines Tages«, schrie er und seine Stimme überschlug sich, »werde ich euch alle skalpieren!«

NUR EIN SPIEL

Robert erhob sich von der Bank, versorgte sein Taschentuch und sagte: »So, jetzt ist der Kindergarten aus. Der Onkel muss weiter, und du musst nach Hause zu deinen Erziehungsbevollmächtigten ...«

»Zu was?«, fragte Anna.

»Zu deinen Eltern, ungebildetes Ding. Die machen sich wahrscheinlich schon Sorgen ...«

»Meine Mama und mein Papa sind tot«, sagte Anna und schaute auf ihre Füße. »Ich hab unser Haus angezündet und dann sind sie verbrennt.«

»Hä?«, entfuhr es Robert.

»Es war nur ein Spiel«, sagte Anna mit weinerlicher Stimme, »aber sie haben das Spiel ernst genommen und sind ernst verbrennt. Nicht, wie ich gedacht hab, nur zum Spaß«, sie schluckte, »und jetzt ...«, sie überlegte kurz, »... jetzt weiß ich nicht, wohin ich soll ... wo ich ja nun keine Mama und keinen Papa mehr hab.«

»Du hast deine Eltern wirklich verbrennt, ich meine verbrannt?«, fragte Robert ungläubig.

»Ja, aber ich wollte es nicht! Es war doch nur ein Spiel ...«

Anna versuchte die Tränen zurückzuhalten, aber es gelang ihr nicht – sie wurde von einem Heulkrampf geschüttelt.

Robert bückte sich, riss ein Büschel Gras aus und warf es in die Luft. Ein paar Grashalme landeten auf Annas Kopf, blieben in ihrem Haar hängen.

Von ferne waren Kirchenglocken zu hören.

Ein väterlicher Ratschlag

Anna rieb sich die Augen, dann wischte sie sich mit einem Finger unter der Nase herum.

Ihr Gesicht war gerötet und nass.

Da sie ja nun keinen Vater mehr hatte, beschloss Robert, ihr einen väterlichen Ratschlag zu geben.

»Liebes Kind«, sagte er und kratzte sich am Kopf, »du musst jetzt vor allem lernen, dir selbst ins Ohr zu spucken – ins linke oder ins rechte, das ist nicht so wichtig. Wichtig ist, dass du mit deiner Spucke eines der beiden Ohren triffst, und zwar das Ohrloch. Wenn dir das gelingt, bist du ein gemachter Mann und wirst immer glücklich und zufrieden sein.«

Anna sah ihn groß an, dann lachte sie aus vollem Hals.

Robert gab ihr einen Kuss auf die Stirn und lief, so schnell er konnte, davon.

4. TEIL

Der Wilde verschmähte die wertlosen Lumpen, und als er sah, dass indessen ein anderer das Tuch erbeutet hatte, wich sein lockendes, aber finsteres Lächeln einem flammenden Ausdruck von Grausamkeit, und er schmetterte den Kopf des Säuglings gegen einen Felsen und warf die zuckenden Überreste vor sie hin. Einen Moment lang stand die Mutter da wie ein steinernes Bild der Verzweiflung und starrte mit wildem Blick auf das unansehnliche Ding, das sich gerade noch an ihre Brust geschmiegt und sie angelächelt hatte ...

JAMES FENIMORE COOPER, *Der letzte Mohikaner*

Ottos erste grosse Liebe

Robert rannte, ohne sich noch einmal umzuwenden, bis er den Waldrand erreicht hatte. Dort ließ er sich zu Boden fallen und streckte alle viere von sich.

Er schnaufte laut durch den Mund und seine Bauchdecke hob und senkte sich.

Als Ameisen über seine rechte Hand krabbelten, sah er, dass er in unmittelbarer Nähe eines großen Ameisenhaufens lag. Er rollte zur Seite und erinnerte sich daran, dass Otto, wie er von Maria wusste, einmal direkt *auf* einem Ameisenhaufen Platz genommen hatte, ohne es gleich zu bemerken. Er hatte den Haufen dann Carmen genannt – nach seiner ersten großen Liebe.

Die Lage spitzt sich zu

Robert wollte gerade aufbrechen, da setzte sich ein Schmetterling auf seinen linken Fuß. Ein Zitronenfalter, der sofort darum bettelte, flugunfähig gemacht zu werden. In einem fort schlug er bittend die Vorderbeine zusammen, wobei er Robert flehend anstarrte.

Robert dachte nicht daran, ihm den Gefallen zu tun, und mehr noch als das Bitte-bitte ging ihm das Starren auf die Nerven.

»Was gibt's da zu starren«, sagte er. »Im Bus starrten die Leute wie blöd, die Telefone starren wie blöd und sogar du starrst!«

Der Zitronenfalter – Robert nannte ihn Josef – starrte ihn weiterhin an und fuhr fort, Bitte-bitte zu machen.

Erst als Robert nach ihm spuckte, sah er ein, dass sein

Wunsch hier wohl kaum in Erfüllung gehen würde, und flog enttäuscht davon.

»Sag Maria einen schönen Gruß!«, rief ihm Robert nach, aber Josef dachte nicht daran, ihm den Gefallen zu tun. Er änderte seine Flugrichtung und ließ sich nach wenigen Metern hämisch auf einer Wiesenblume nieder.

»Flügelbock, flattriger«, sagte Robert, und es wurde ihm klar, dass sich die Lage zuspitzte.

VORBEREITUNG ZUM STIERKAMPF-SPIEL

Robert senkte den Kopf und rannte in den Wald. Er war noch nicht weit gekommen, da krachte er gegen einen Baum.

Über der rechten Stirn wuchs eine Beule.

Robert schüttelte den Schmerz ab, senkte wieder den Kopf und rannte nach links los, bis er abermals gegen einen Baum krachte.

Über der linken Stirn wuchs eine Beule.

Wieder schüttelte er den Schmerz ab und wankte benommen zum Weg zurück.

Er war jetzt bereit für das Stierkampf-Spiel.

ADJEKTIVITIS IM WALD

Mit den zwei abstehenden, dekorativen, stoßbereiten Hörnern auf dem umnebelten, zerrütteten, verteufelten Kopf folgte Robert nun dem schmalen, engen, unfruchtbaren Weg, der sich durch den dunklen, mächtigen, rätselhaften Wald schlängelte wie der ausgeflippte, heruntergekommene, lichtscheue kleine Bruder einer stolzen, eingebildeten, dummen Landstraße, die sich seiner schämte.

Es war ein holpriger, verwahrloster, ungeliebter Pfad, bedeckt mit harten, kantigen, verdammten Steinen und dürren, entseelten, heimatvertriebenen Ästen, voller heimtückischer, gähnender, versoffener Löcher und klaffender, spaltiger, geheimnisvoller Risse.

Immer wieder stolperte Robert über verschlagene, neugierige, schlangenhafte Wurzeln und immer wieder kam er zu verharzten, rauen, umgestürzten Bäumen, die ihm den unwegsamen, verlassenen, verlotterten Weg versperrten.

Um ihn herum die fremden, betörenden, verwirrenden Gerüche von einsamen, feuchten, fortpflanzungsfähigen Pflanzen und die lockenden, anregenden, verheißungsvollen Stimmen von gefiederten, flugerprobten, vermehrungsfähigen Vögeln, deren unzählige, merkwürdige, verfluchte Namen er nicht wusste. Er, der anrüchige, fragwürdige, undurchsichtige Waldgänger, der konfuse, aus dem Takt gebrachte, belesene Spielkamerad einer obskuren, suspekten, dubiosen Gruppe ominöser, bedenklicher, zweifelhafter Gesellen.

Ein vibrierendes, zitterndes, flächenumspannendes Surren lag in der vergifteten, unsichtbaren, verlogenen Luft, zerhackt vom aggressiven, hämmernden, aufdringlichen Klopfen eines nimmersatten, verbissenen, geilen Spechts.

Hoch oben in den kranken, sterbenden, hochnäsigen Baumwipfeln die verzweifelten, traurigen, warnenden Schreie einiger weitblickender, hochintelligenter, hellsichtiger Vögel.

Schon von Weitem hörte Robert, der nachtwandlerische, heimgesuchte, verfolgte Zappelphilipp, das verführerische, liederliche, prickelnde Plätschern eines anziehenden, zweideutigen, schlüpfrigen Baches.

Robert beschleunigte seine Schritte.

AM RAUSCHENDEN BACH

Weil Robert seinen Ohren folgte, kam er vom Weg ab. Er kämpfte sich durchs Unterholz, schlüpfte durch dorniges Gestrüpp, zerriss sich Jacke und Hose an mehreren Stellen, fluchte, sobald Spinnweben sein Gesicht streiften, blieb atemlos vor einem Skelett, das am Boden lag, stehen … Robert riss sich los, hastete weiter und fand schließlich den Bach, nach dem er gesucht hatte.

»Lenapewihittuck«, sagte er, nachdem er Wasser geschöpft und seinen Kopf abgekühlt hatte.

Er setzte sich auf eine moosige Stelle vor einem Baum, an den er sich mit dem Rücken lehnte.

Hoch über ihm bewegten sich die Baumkronen wie in Zeitlupe.

Das Plätschern des Baches wurde allmählich zu einem Rauschen, das sich auf angenehme Weise von dem zeitweiligen Rauschen in Roberts Kopf unterschied.

DER LETZTE WEG

Robert befand sich in seiner Mansarde und betrachtete die schräge Holzdecke, in der es plötzlich zu wuseln begann. Er hörte Schreie aus dem Holz, sah die verkrüppelten, verwachsenen Männer hektisch hin und her laufen. Er wollte mit ihnen sprechen, aber sie ignorierten ihn.

Enttäuscht stellte sich Robert ans Fenster.

Unten auf der Straße fuhr ein VW Käfer vorbei, der eine Ladung auf dem Dach hatte, die seitlich überhing.

Die Buche neben Roberts Fenster, deren Äste und Zweige ihm bald die Sicht rauben würden, schwankte im Wind.

Ein Bächlein rauschte.

Robert wollte erwachen, denn es fröstelte ihn. Stattdessen öffnete er eine Schublade seines Schreibtisches und holte ein Fotoalbum heraus. Er blätterte darin, aber sosehr er sich auch bemühte, es war ihm unmöglich zu erkennen, was auf den Fotos abgebildet war.

Unten fuhr wieder der VW Käfer mit der seltsamen Ladung vorbei. Und plötzlich wusste Robert, dass auf dem Dach des Autos die eingewickelte Leiche eines Mannes festgebunden war. Sein ganzes Leben lang hatte der Mann sich quergestellt, und das wollte er auch auf seinem letzten Weg tun. Seine Frau, die das Auto fuhr, machte es möglich. Jetzt war sie auf der Suche nach einem geeigneten Platz für ihren Mann, dessen allerletzter Wille gelautet hatte, nicht auf einem normalen Friedhof beerdigt zu werden, weil dort, wie er sagte, viel zu viele Arschlöcher liegen.

DER BUS

Robert beugte sich aus dem Fenster und sah den Bus die Straße herunterkommen.

Das rote Ungetüm näherte sich gelassen der Haltestelle, an der die alten Männer ihre Stöcke hoben, um es zum Stoppen zu bewegen.

Noch tat es so, als wäre alles in Ordnung und machte, was von ihm verlangt wurde. Aber eines Tages würde es ausbrechen, die Ketten zerreißen, an denen es hing, es allen heimzahlen, die es gedemütigt hatten. Eines Tages, davon träumte es mit lustvoller Erwartung, würde es vom vorgeschriebenen Kurs abweichen, sich irgendwo hinunterstürzen. Es dachte mit Genugtuung an das viele Blut, das sich in ihm ergießen würde. Es wartete nur noch auf einen günstigen Zeitpunkt.

Anschließend, das wusste Robert, würden sie mit ihm machen können, was sie wollten. Besser verschrottet werden, als so zu leben.

DAS KLAPPERN

Robert legte sich aufs Bett.

In der Holzdecke war Ruhe eingekehrt, die Männer sahen ihn teilnahmslos an. Sie wirkten todmüde.

Robert versuchte wieder, ein Gespräch anzuknüpfen, da versetzte ihm einer der Männer einen Tritt, ein anderer gab ihm einen Stoß, und er fiel aus dem Bett. Mit einer Hand wollte er sich abstützen, zuckte aber gleich wieder zurück. Er hatte in eine eiskalte Flüssigkeit gegriffen – in eiskaltes Blut! Schreiend erwachte Robert.

Er war nicht mehr an den Baum gelehnt, sondern lag jetzt seitwärts hingestreckt, eine Hand nass vom Wasser des Baches, und zitternd vor Kälte.

Klappernder Robert am rauschenden Bach.

EIN VERDÄCHTIGES KNACKEN

Robert hatte keine Ahnung, wie lange er geschlafen hatte. Ein kurzes Nickerchen war es bestimmt nicht gewesen, das zeigte ihm der Stand der Sonne. Sein Platz lag jetzt im Schatten, die Sonne war weitergezogen.

Auch Robert musste weiter, wollte er die Nacht nicht hier verbringen.

Auf glitschigen Steinen, die im Bachbett lagen, darauf bedacht, nicht auszurutschen oder das Gleichgewicht zu verlieren, überquerte er den »Lenapewihittuck«.

Am anderen Ufer angelangt, beschloss er, seinem Lauf zu folgen, bis er wieder auf den Waldweg stoßen würde.

»Natty Bumpoo«, sagte er.

Die Ränder des Baches, das heißt die Ufer des Lenapewihittuck waren wild verwachsen, und Robert hatte Mühe, vorwärtszukommen.

Als er kurz verschnaufte, hörte er hinter sich ein Knacken. Sein erster Gedanke war, dass ihn jemand verfolgte, sein zweiter, dass Gefahr im Busch war. Er drehte sich um und durchforschte mit seinen Augen angestrengt das Dickicht. Die verräterischen Geräusche waren verstummt, und auch sonst konnte er nichts Verdächtiges ausmachen.

»Wahrscheinlich ein Bär«, flüsterte Robert und ging rasch weiter.

DIE LICHTKEGEL

Zwischen den Baumkronen wurde es hell. Große Lichtkegel, gleich Bühnenscheinwerfern, markierten drei runde Flächen am Waldboden. Die Szene war von berückender Schönheit.

Robert erstarrte. Irgendetwas sagte ihm, dass dieser Schönheit nicht zu trauen war. Sollte er umkehren? Nein, dazu war es zu spät.

»Segon«, sagte er und näherte sich zögernd, voller böser Vorahnungen, dem ersten Lichtkegel.

Als seine Fußspitze ins Licht stieß, setzte sich vor seinen Augen aus flimmernden Teilchen ein Bild zusammen, so entsetzlich grauenhaft, dass er augenblicklich zu schreien begann, weil ihn sonst der Druck in seinem Körper zerfetzt hätte. Grell beleuchtet sah er ein Kind verkrümmt am Boden liegen, dem die Augen fehlten. An ihrer Stelle gähnten blutige Krater ...

Roberts Herz nahm einen Satz, blieb oberhalb des Halses stecken, begann blindwütig zu schlagen, drückte mit jedem Schlag das Hirn gegen die Schädeldecke... Robert würgte den Brechreiz hinunter, schluckte, rannte los ... Im zweiten Lichtkegel eine Frau ohne Unterkiefer, die ihn mit weit aufgerissenen Augen anstarrte ... im dritten ein Mann, dessen Gesicht ein blutiger Brei war ... Robert rannte, wartete darauf, dass sein Hirn die Schädeldecke durchbrechen und vom Herzen hinaufgeschleudert würde zu den Wolken, rannte, bis er über eine Baumwurzel stolperte und das Herz zurück auf seinen Platz rutschte.

GRUNZ

Robert rannte weiter. Er hätte zwar gern eine Pause gemacht, um zu verschnaufen, wagte aber nicht stehen zu bleiben.

»Der Vorsprung ist nur gering«, sagte er sich.

Es war zum Davonlaufen: Gespenstische Schatten huschten durchs Unterholz, dämonische Wesen hockten in den Büschen und Baumkronen, gewundene Wurzeln waren giftige Schlangen, baumlange Gesellen versperrten ihm den Weg.

»Reiß dich zusammen!«, schrie Robert und erschrak über seine eigene Stimme, die ihm plötzlich fremd war.

Wann war er das letzte Mal in einem Wald gewesen?

Es musste lange her sein, denn er konnte sich nicht daran erinnern. Als Kind, ausgerüstet mit selbst geschnitzten Waffen aus Holz, war er oft im Wald auf Kriegspfad gewesen, aber nie abends und nie allein.

Wo war sein Freund Lange Büchse, der Bücher verachtete? Warum hatte er nicht Pfeil und Bogen dabei? Warum weder Glasperlen, noch Schachfiguren für die Eingeborenen? Wie hatte er nur das Serum gegen Vipernbisse vergessen können? Wo waren der Kompass und der Sextant?

Kein Mensch würde Robert helfen können.

Irgendwo grunzte ein Schwein.

»Papi«, sagte Robert und schlug sich erst auf den Hinterkopf und dann auf die Stirn.

PIEPS

Zu Roberts überreiztem Zustand trugen auch Hunger und Erschöpfung bei. Seit dem Frühstück hatte er nichts mehr gegessen, dafür viel zu viel geraucht, und was ihm bisher widerfahren war, hatte ebenfalls an seinen ohnehin schwachen Kräften gezehrt.

Seine Einbildungskraft war nicht geschwächt, im Gegenteil. Immer wieder glaubte er in den Augenwinkeln gebückte Gestalten zu erkennen, die sich an ihn heranpirschten und zweifellos nichts Gutes im Schilde führten.

Robert fühlte sich der Lage nicht gewachsen. Das Grünzeug stand ihm bis zum Hals, er verfluchte seine schwachen Nerven und kam sich vor wie eine Maus, mit der viele Katzen spielten.

5. TEIL

Als er in den frühen Morgenstunden dalag und sich die Ereignisse seines großen Abenteuers ins Gedächtnis zurückrief, erschien ihm alles seltsam matt und fern, in einer anderen Welt oder in einer längst vergangenen Zeit geschehen. Dann kam ihm plötzlich der Gedanke, das große Abenteuer selbst müsse ein Traum gewesen sein!

MARK TWAIN, *Tom Sawyers Abenteuer*

Eine Weile saßen die Männer nur schweigend nebeneinander und rauchten. Manchmal sahen sie dabei einander an, dann wieder wandten sie gleichgültig ihre Blicke ab und drückten ihren Tabak nieder. Es war aufregender als das spannendste Theaterstück.

ROBERT LOUIS STEVENSON, *Die Schatzinsel*

Die starke Nase wirkte wie eine Galionsfigur bei einem Mann, der für Abenteuer geboren schien.

JULES VERNE, *Fünf Wochen im Ballon*

Der Lattenzaun

Kurz vor Einbruch der Nacht kam Robert zu einer Lichtung, über der ein beinahe voller Mond leuchtete. Die freie Fläche, die sich vor ihm auftat, erschien ihm nach dem langen Marsch durch den Wald wie ein Wunder.

»Offene See«, sagte er und atmete tief durch. Die Schrecken der Finsternis lagen vorläufig hinter ihm.

Er begann wieder klarer zu sehen und sein Herz schlug einen ruhigeren Rhythmus.

Ihm gegenüber, im Schatten der Bäume, bemerkte er plötzlich eine Art Bauwerk. Ein windschiefes Ding, ganz aus Holzbalken und Brettern gefertigt, zweistöckig, mit einem Schornstein, aus dem Rauch aufstieg.

»Blockhaus«, sagte Robert.

Um das seltsame Gebilde, das aussah, als würde es jeden Moment zusammenbrechen, verlief eine Art Lattenzaun, der ebenfalls einen ziemlich baufälligen Eindruck machte. Er war oft unterbrochen, zeigte an manchen Stellen nach innen, an anderen nach außen, nirgends stand er gerade.

Fingerzeige

Robert stand wie angewurzelt. Seine Knie waren weich, und sein Magen knurrte.

In dem Haus, auf das er überraschend gestoßen war, brannte zwar kein Licht, aber der Rauch aus dem Schornstein ließ vermuten, dass sich jemand darin aufhielt.

Robert streckte den Arm waagrecht von sich und ballte die Hand zur Faust. Der Daumen entschlüpfte der Umklammerung durch die restlichen Finger und schnellte in die Höhe.

»Freund oder Feind«, sagte Robert, während er das Haus über den Daumen anpeilte. Er musste an eine Hexe denken, die hier einsamen Waldgängern auflauerte, um sie einzufangen, mit Fleisch zu mästen, sie schließlich in den Ofen zu stecken und mit Haut und Haar zu verschlingen.

Robert leckte sich die Lippen, schob gedankenverloren den Daumen in den Mund, lutschte daran, sah sich schon die Zähne in noch blutiges Fleisch schlagen.

»Au«, sagte er, denn er hatte sich in den Daumen gebissen.

Im selben Moment waren drei Männer vor das Haus getreten, von denen einer in lautes Gelächter ausbrach.

Robert warf sich flach auf den Boden.

Nachdem er davon überzeugt war, nicht bemerkt worden zu sein, beschloss er, sich lautlos an die Männer heranzuschleichen. Dabei versuchte er sich nur auf den Fußspitzen und den zehn Fingerspitzen zu halten, wofür seine Fingermuskulatur aber zu wenig ausgeprägt war.

»Damned!«, sagte er, rollte zur Seite und fragte sich, ob Winnetou und all die anderen Rothäute heimlich Klavierunterricht genossen hatten.

Zu etwas waren seine Finger aber doch zu gebrauchen: Er steckte zwei davon in den Mund, befeuchtete sie mit seinem Speichel und hielt sie in die Luft. So wusste er, woher der Wind wehte.

RAUCHSIGNALE

Als Robert vorwärts robbte, fielen ihm ein paar Kreuze auf, die seitlich am Waldrand standen.

Was für ein sonderbarer Friedhof, dachte er, wenn es sich überhaupt um einen handelte. Aber was sollte es sonst sein? Die Kreuze waren schmucklos, ohne Beschriftung, nur primitiv zusammengenagelt. Schief steckten sie in der Wiese, zwischen Baumstümpfen, noch schiefer als das Haus und der Zaun.

»Die ewigen Jagdgründe«, sagte Robert, »sind erreichbar über die Milchstraße, die Brücke der vielen Lichter.«

Vor einem der Kreuze war ein Loch und ein Erdhaufen, was darauf hindeutete, dass dieses Grab erst vor Kurzem ausgehoben worden war. Wer sollte darin beerdigt werden?

Robert zuckte zusammen, denn vom Haus war wieder lautes Gelächter zu hören.

Zwei der Männer saßen jetzt um einen Tisch, der dritte ging etwas abseits ständig im Kreis. Während er seine Runden drehte, rauchte er. In zehn Sekunden zog er mindestens acht Mal an seiner Zigarette, den Rauch paffte er in kurzen Stößen aus, ohne inhaliert zu haben.

Im Haus wurde Licht gemacht, es musste sich also noch jemand darin befinden.

Roberts Magen knurrte plötzlich dermaßen laut, dass er nicht verstehen konnte, warum die Männer nicht auf ihn aufmerksam wurden. Sein Hungergefühl zwang ihn zu handeln.

»Volle Kraft voraus!«, sagte er und sprang auf die Beine.

DER ZWEIKAMPF

Die beiden Männer am Tisch erhoben sich, als Robert mit Todesverachtung über die Lichtung schritt.

Einer von ihnen schlug die Hände vor dem Gesicht zusammen, bekreuzigte sich, stieß einen Schrei aus und verschwand im Wald; der andere, ein ungewöhnlich dicker und zugleich großer Mann mit kahl geschorenem Schädel, ging langsam auf Robert zu. Er hatte eine schmutzige Kochschürze umgebunden, seine Hände steckten in den Hosentaschen.

Die Luft begann zu vibrieren, knisterte vor Spannung. Die Vögel in den Bäumen hörten auf, ihr Gefieder zu putzen und hielten den Atem an.

Robert überlegte nicht lange und senkte den Kopf. Er scharrte mit dem Fuß, stampfte ein paar Mal auf und rannte schnaubend los.

Der Dicke holte ein Stofftaschentuch hervor, schüttelte es kurz aus und hielt es dann wie ein Torero vor sich.

Mit voller Wucht knallte Robert gegen den Bauch des Mannes. Er ging in die Knie, stieß einen Seufzer aus und kippte seitwärts ins Gras. Dort blieb er regungslos liegen.

»Hohoho«, hörte er den Dicken hoch oben lachen.

Sofort rappelte Robert sich auf, ging mit schwankenden Schritten ein paar Meter zurück, senkte wieder den Kopf und machte einen weiteren Versuch, den Dicken umzustoßen – ohne Erfolg.

Während er zum zweiten Mal zu Boden ging, wunderte er sich über die Härte der Bauchdecke, gegen die er angerannt war. Sein Kopf dröhnte, und er fühlte sich geschlagen.

Als er die Hand vor seinen Augen sah, griff er unwillkürlich zu und schrie.

Der Dicke lachte. »Du spielen Stierkampf-Spiel, ich spielen Fingerquetsch-Spiel. Du aus Wald gekommen, du in Wald verschwinden. Olé!«

»Du Trottel!«, sagte Robert wütend. »Du sprechen deutsch wie Riesentrottel!«

»Hohoho!«, lachte der Dicke wieder los.

»Was gibt's, Mama?«, rief ein Mann, der eben aus dem Haus getreten war. Er meinte offenbar den Dicken, der sich schwerfällig umdrehte und antwortete: »Kartoffeln natürlich!«

Der Mann hielt sich die Hand vor die Augen, schüttelte den Kopf und sagte etwas, das aus der Entfernung nicht zu verstehen war. Dann zeigte er zum Himmel.

»Was, Mama, gibt's da oben?«, fragte er.

Der Dicke kratzte sich am Kopf und antwortete schließlich: »Mond.«

»Und was gibt's hinter dir?«

Mama ging ein Licht auf. »Ach so«, er deutete mit dem Daumen nach rückwärts, »du gleich sagen, was wollen. Ich nicht wissen, was du meinen. Viel zu viel reden«, er wandte sich vertraulich an Robert, der immer noch am Boden saß, »aber nie sagen, was wollen. Ich Hugo schon oft sagen, nicht um Brei herumreden …«

Robert hörte nur mit einem Ohr zu. Er konzentrierte sich auf den Mann, der jetzt über die Wiese kam, als bewege er sich auf einer morschen Hängebrücke, die kein Geländer hatte. Mit den Armen balancierte er, und die Schritte setzte er mit äußerster Vorsicht auf den unsicheren Boden.

Der Mann trug ein weißes Sakko über einem weißen T-Shirt, die Hose war dunkel. Im Mondlicht hatte die Gestalt einen unwirklichen Charakter – der obere Teil hob sich deutlich von seiner Umgebung ab. Es sah aus, als käme da jemand ohne Unterkörper über die Lichtung.

»Hugo immer reden, reden, reden. Und was herauskommen? Blödsinn!«

Hugo, so hieß der Mann offensichtlich, hatte wie Mama eine Glatze, nur dass sie bei ihm nicht ganz astrein war – in ihrer Mitte ragte ein Haarbüschel nach oben.

»Mohikaner, Irokese …«, sagte Robert.

»Was du sagen?«, fragte Mama interessiert. »Käse?«

Robert gab keine Antwort. Er war ganz gebannt von dem Anblick des Mannes, der jetzt stehen blieb, die Hände hinter dem Rücken zusammenschlug und danach normal weiterging, als habe er die morsche Hängebrücke glücklich hinter sich gebracht.

Er wählte jedoch nicht den kürzesten Weg zu den beiden, sondern beschrieb einen großen Bogen, der ihn an dem armseligen Friedhof vorbeiführte, wo er kurz innehielt, wieder die Hände hinter dem Rücken zusammenschlug und dann erst seinen Weg fortsetzte.

Er war fast so groß wie Mama, aber im Gegensatz zu diesem schlank und sehnig. Um den Hals hatte er ein Medaillon, das bei jedem Schritt hin und her schwang.

Sein Gesicht war mit tiefen Furchen durchzogen.

»Stier sein«, sagte Mama, als Hugo endlich bei Robert angelangt war, den er um einen Kopf überragte.

Robert war inzwischen aufgestanden und rieb sich die Schläfen. Es war ihm kurzzeitig schwarz vor den Augen geworden, sein Schädel brummte.

»Hat er Wehweh, der Nachtwandler?«, fragte Hugo und sah Robert verächtlich an.

»Selber schuld sein«, verteidigte Mama sich vorbeugend, »ich nix Angriff, nur Verteidigung.«

Hugo ließ Robert nicht aus den Augen, die er zu schmalen Schlitzen verengt hatte. Plötzlich begann er übers ganze Gesicht zu grinsen. Seine Blicke durchbohrten Robert förmlich, und er hatte das unheimliche Gefühl, vollkommen durchschaut zu werden; außerdem glaubte er, dem Mann schon irgendwo begegnet zu sein, ihn von irgendwoher zu kennen, der jetzt – immer noch grinsend – an Mama die Frage richtete: »Warum hat St. Pauli so geschrien?«

Mama zuckte mit den Schultern. »Wahrscheinlich glauben, Stier sein Teufel.«

DAS DUELL

Robert ging das Grinsen des Glatzkopfs mit der Skalplocke auf die Nerven und er beschloss, zurückzugrinsen.

Er machte das idiotischste Grinsen, das er sich vorstellen konnte, und wartete, was passieren würde.

Hugo war nicht verunsichert, im Gegenteil, er begann noch idiotischer zu grinsen als Robert, was diesen zwar beeindruckte, aber keineswegs aus der Fassung brachte. Auch er konnte sich noch steigern, und zwar indem er sein idiotischstes Grinsen mit einem schwachsinnigen Grinsen »koppelte«, wie er es nannte.

Jedoch, er hatte den Glatzkopf unterschätzt, der nun ein Grinsen zustande brachte, das sein eigenes an Idiotie und Schwachsinnigkeit noch bei Weitem übertraf.

Als Robert unter Zugzwang sein idotischstes, schwachsinnigstes Grinsen zusätzlich mit einem wahnsinnigen Grinsen koppeln wollte, brach sein Grinsen wie ein Kartenhaus in sich zusammen, und alles, was übrig blieb, war ein blödsinniges Lächeln.

Wieder hatte er sich geschlagen geben müssen.

»Bravo«, sagte Mama anerkennend zu Hugo, worauf ihm Robert spontan gegen das Schienbein trat.

Mama gab ihm eine Ohrfeige, packte ihn dann unter den Armen, hob ihn hoch, drehte ihn in der Luft herum und ließ ihn zu Boden fallen.

»Bravo«, sagte Robert im Gras liegend, »schon wieder eine Mama, die nicht will, dass ihr Bub später Selbstmord begeht.«

Hugo klatschte die Hände hinter dem Rücken zusammen, Mama starrte Robert verständnislos an.

»Was du reden?«

Robert saß jetzt im Schneidersitz, hoch über seinem Kopf die Köpfe der beiden Männer.

»Ich reden: Fühlen mich wie in Brobdingnag, falls dir das was sagt, du Fleischberg.«

Mama runzelte die Stirn. »Du Scheiße reden, ganz große Scheiße, gequirlte!«

»Ist der immer so?«, fragte Robert.

Statt einer Antwort hielt ihm Hugo die Hand hin.

Robert zögerte, sie zu ergreifen.

»Keine Angst«, meinte Hugo, »ich spiele andere Spiele.«

Mama gab seinem Unmut Ausdruck, indem er die Lippen zusammenpresste und Luft durchblies. Danach wandte er sich zum Gehen. »Ich Essen machen. Hier alle verrückt.«

Er war noch nicht weit gekommen, da drehte er sich um und sagte mit erhobenem Zeigefinger: »Und nicht vergessen, bald Vollmond. Nicht über linke Schulter in Mond gucken! Bringt Unglück!«

»Danke, dass du mich daran erinnerst«, sagte Hugo. Dann hielt er Robert zum zweiten Mal die Hand hin, der sie diesmal ergriff und sich daran hochzog.

»Mama ist, wie Sie vielleicht schon vermuten, unser Koch und Beschützer. Und ich«, er tippte sich mit dem Zeigefinger auf die Stirn, »bin Hugo.«

»Und ich«, Robert klopfte sich mit der Hand auf den Bauch, »bin hungrig.«

HARMLOSE FRAGEN

Hugo legte Robert den Arm um die Schultern und ging mit ihm auf das Haus zu.

»Ich werde Ihnen jetzt ein paar harmlose Fragen stellen, einverstanden?«

Robert nickte.

»Wie heißen Sie?«

»Robert.«

»Bravo. Jetzt eine Frage, bei der Sie sich Zeit lassen können: Sind Sie auf der Suche nach dem, was man Abenteuer nennt?«

»Ja«, kam die Antwort wie aus der Pistole geschossen, »aber ich habe nicht einmal das, was man einen Führerschein nennt.«

»Schreiben Sie Briefe an niemanden?«

»Blöde Frage!«

»Antworten Sie.«

Robert befreite sich von Hugos Arm. »Ich trinke lieber Wein. Und Sie?«

»Ich habe da so ein paar Bilder«, Hugo machte eine wegwerfende Handbewegung, »aber das ist nicht der Rede wert. Was würden Sie mich am liebsten fragen?«

Er stellte sich vor Robert und sah ihm in die Augen – die plötzliche Traurigkeit in seinem Blick machte Robert verlegen. Er räusperte sich und fragte: »Wie geht es Ihnen?«

»Eine sehr gute Frage!«, rief Hugo begeistert, und die Traurigkeit war wie weggeblasen. »Ich werde sie Ihnen später einmal beantworten, falls Sie nicht selbst dahinterkommen. Aber was mich an Ihnen noch brennend interessieren würde«, er näherte sich Roberts Ohr und senkte die Stimme: »Trinken Sie den Wein lieber aus Gläsern oder aus Flaschen?«

»Aus ...«

Ein stimmiges Bild

Roberts Gedanken wurden aufgescheucht, flatterten einerseits wie panische Hühner in seinem Kopf durcheinander, segelten andererseits wie perverse Hühnergeier unter seiner Schädeldecke herum – den Hühner- und Hühnergeierblick auf *die* Flasche gerichtet, um die die Hühner- und Hühnergeierfedern flogen.

In der Folge teilten sich die Hühner in zwei Lagerfeuer, die lichterloh brannten – das eine in Gestalt von Hühnern, das andere in Gestalt von Gartenzwergen in Begleitung von Füchsen, die offenbar Lunte gerochen hatten.

Robert konnte nicht ausbrechen aus diesem Gehege, in dem Hühner, Gartenzwerge und Füchse in Form von Lagerfeuern und Hühnergeiern mit funkelnden Augen, abstehenden Federn, undefinierbaren Krallen und nestbeschmutzenden Ärschen zusammengesperrt waren. Er würde bald herausfinden, wer die Flasche entfernt hatte – und diese Gewissheit ging einher mit einer Todesangst, die ihn eiskalt durchschauderte. Er wurde von einem Schüttelfrost geschüttelt, dem die Hühnergeier unter der Schädeldecke nicht gewachsen waren. Sie taumelten herab, und ein Hickhack zwischen Hühnern, Gartenzwergen, Füchsen und

Hühnergeiern begann, dass Robert der Boden unter den Füßen entglitt.

Hätte ihn Hugo nicht aufgefangen, wäre er schon wieder im Gras gelandet.

Geschwätz

»Es ist Sommer«, sagte Hugo, den zitternden Robert in den Armen, »kein Grund, sich so aufzuführen.« Er strich ihm zärtlich über den Kopf.

»Ich habe Angst!«, brach es aus Robert hervor, mit einer solchen Gewalt, dass ihm die Tränen in die Augen schossen.

»Ich weiß, was Sie quält«, sagte Hugo, »aber wir müssen alle sterben. Ja, Mama wird uns nicht beschützen können.«

»Geschwätz«, sagte Robert und fügte hinzu: »Einer überlebt immer.«

Ein schöner Trost

»Jetzt gehen wir aber rasch zu Mama, sagte Hugo, »bevor Sie verhungern und verdursten. Es gibt zwar keine solchen Delikatessen wie zum Beispiel das Gehirn eines jungen Pottwals, Enten, die in Form von Violinen serviert werden, oder Sagamite ...«

»Mais, Bärenfett und kleine Stücke Biberfleisch«, warf Robert ein.

»... aber es wird Ihnen trotzdem schmecken.«

Hugo blieb abrupt stehen und fasste Robert am Arm. »Ich werde Ihnen etwas sagen, das Sie trösten wird.«

Robert lächelte abfällig.

»Hören Sie«, Hugo schloss die Augen, breitete die Arme aus und mit erhobener Stimme, im Tonfall eines Predigers, der von seiner Mission besessen ist, sprach er: »Wie Wolf Larsen glaube auch ich, das Leben ist ein wirrer Schmutz.« Nach diesen Worten schnalzte er ein paar Mal mit der Zunge.

»Schöner Trost«, sagte Robert spöttisch und fügte hinzu: »Ich will keinen Gehirntumor bekommen!«

Hugo nickte zufrieden, weitete die Augen und setzte sein unschlagbares Grinsen auf. Dann hüpfte er in großen Sprüngen voraus, wobei er in einem fort ausrief: »Schöner Trost! Schöner Trost!«

Robert hatte das Gefühl, dass sich der Glatzkopf über ihn lustig machte.

»Schöner Trottel«, sagte er.

Der Weiberheld

Robert folgte Hugo und kam an dem hektischen Raucher vorbei, der nach wie vor damit beschäftigt war, seine Runden zu drehen. Er zeigte allerdings deutliche Ermüdungserscheinungen. Die Abstände zwischen den Zügen an der Zigarette fielen nun länger aus, die Schritte langsamer, und sein Gesicht war blau angelaufen. Er paffte nur noch müde vor sich hin und erweckte alles in allem den Anschein, bald schlapp zu machen und umzukippen.

»Das ist unser Porno-Paul«, sagte Hugo, während er Robert mit einer Handbewegung dazu aufforderte, sich mit ihm an den Tisch zu setzen.

»Porno-Paul, auch genannt Pepe«, fuhr er fort, nachdem Robert auf einem wackligen Stuhl Platz genommen hatte, »er macht, was er macht, um auf andere Gedanken zu kommen.«

Robert zündete sich eine Zigarette an, die erste seit Langem.

»Die Methode hat er einem Geistesgestörten abgeschaut – einem, dem sich das Gehirn umgedreht hat, wie der Irokese sagen würde. Pepe schwört auf die Methode, aber die Wirkung hält von Mal zu Mal kürzer an.«

Pepe sah elend aus. Abgesehen von seiner ungesunden Gesichtsfarbe und der schäbigen Kleidung, die er trug, war er ein ausgemergeltes Männchen, das nur aus Haut und Knochen bestand. Pepes Gesicht hatte etwas Diabolisches und dieser Eindruck wurde durch den Qualm, von dem er eingehüllt war, noch verstärkt.

»Unser Weiberheld«, sagte Hugo.

Pepe zerknüllte die Zigarettenpackung, dann kam er mit schwankenden Schritten auf den Tisch zu. Er konnte sich kaum auf den Beinen halten, erreichte aber glücklich sein Ziel, bevor er sich kraftlos auf einen Stuhl sinken ließ. Das Kinn fiel ihm auf die Brust, die Arme hingen schlaff herunter, die Beine waren gespreizt, in dieser Stellung verharrte er reglos.

»Wie gesagt«, brach Hugo das Schweigen, »die Wirkung wird nicht lange andauern, aber Sie werden ja sehen.«

BISSIGE BETTGENOSSIN

Robert starrte auf Pepes Nase, aus deren gewaltigen Löchern, über denen die Nasenflügel sich hoben und senkten, lange Haare hervorschauten. In seiner Vorstellung wurden die Haare zu den Beinen von Spinnen – von Spinnen, die fähig waren, ihn mit klebrigen Fäden einzuwickeln und lebensunfähig zu machen.

Von den gefährlichen Spinnen war es nur ein Katzensprung zu einem Erlebnis, an das er schon lange nicht mehr gedacht hatte. Als Kind hatte er einmal sein Bett mit einer Katze geteilt. Er war bei einem Klassenkameraden zu Besuch, und das Zimmer, in dem er die Nacht verbrachte, war eiskalt.

In der Zimmerecke über seinem Bett befand sich ein Spinnennetz mit einer Kreuzspinne von beängstigender Größe. Weil er nicht für feige gehalten werden wollte, verbarg er Angst und Ekel, nahm aber zu seinem Schutz eine der Katzen, von denen es im Haus gleich mehrere gab, mit ins Bett. Sollte sich die Spinne herunterwagen, würde ihr seine Bettgenossin schon den Garaus machen.

Mitten in der Nacht wachte er auf, weil ihm die Katze, die auf seiner Brust lag, liebevoll in die Nase biss und dazu leise schnurrte. An den Geruch des warmen Tieres und die Zärtlichkeitsaufwallung, die der sanfte Biss bei ihm auslöste, konnte er sich so deutlich erinnern, dass es ihn heftig in der Nase juckte.

Er sah, dass etwas aus Pepes rechtem Nasenloch direkt in Pepes leicht geöffneten Mund rann.

Was für ein widerlicher Rüssel, dachte er.

NASENWÜRMER

Robert strich sich über die Nase und fragte sich, was er falsch machte, aber alle naselang schoss ihm ein anderer Gedanke durch den Kopf.

Er war ausgezogen, um sich den Wind um die Nase wehen zu lassen.

Er hatte die Nase voll davon, sich auf der Nase herumtanzen zu lassen.

Warum konnte er sich selbst so selten riechen?

Warum glaubte er, seiner Nase nachzugehen und gleichzeitig an der Nase herumgeführt zu werden?

Wem sollte er eine lange Nase zeigen?

Er wollte sich ordentlich die Nase begießen.

Er wollte die Nase vertrinken.

Er wollte, dass er mit der Nase auf etwas gestoßen würde, das ihm verheimlicht wurde, obwohl es sehr wichtig für ihn war.

Immer wieder wurde ihm etwas vor der Nase weggeschnappt.

Warum konnte er nicht weiter sehen als bis zu seiner Nasenspitze?

Er wollte die Nase nicht nur in Bücher stecken.

Er wollte jemandem eins auf die Nase geben.

Er hatte nie die Nase vorn gehabt.

Wenn es so weiterging, würde man ihm bald Würmer aus der Nase ziehen können.

6. TEIL

Die jungen Fräulein spielten dann mit mir und tändelten und trieben Mutwill. Oft zogen sie mich vom Kopf bis zur Zehe splitternackt aus und legten mich, so lang ich war, in ihre Busen. Mir war dies übrigens ein keineswegs angenehmer Aufenthaltsort, denn im Vertrauen gesprochen, es herrschte daselbst ein durchaus nicht erfreulicher Geruch.

JONATHAN SWIFT, *Gullivers Reisen*

Je länger ich mich mit diesem machtvollen Schwanz beschäftige, um so schmerzlicher bedaure ich meine Unfähigkeit, seinem Geheimnis Ausdruck zu verleihen.

HERMAN MELVILLE, *Moby Dick*

»Wenn Sie sich vom Anblick der Nase losreißen können«, sagte Hugo, »würde ich Ihnen gern wieder ein paar Fragen stellen, und zwar zu einem Gebiet, das Ihnen nicht ganz fremd sein dürfte, wenn ich mich nicht irre.«

»Und das wäre?«

»Sie werden schon sehen. Zuerst will ich aber wissen«, er tippte sich mit dem Zeigefinger auf die Stirn, »ob Sie noch hungrig und durstig sind?«

»Blöde Frage!« Robert klopfte sich auf den Bauch.

»Sehr schön, Mama wird bald fertig sein. Vorher machen wir ein kleines Quiz. Vorausschicken möchte ich noch, dass die gute Tante Polly nur in einer Filmversion ein Licht ins Fenster stellt, nachdem Tom nicht mehr nach Hause gekommen ist ...«

Robert riss Mund, Nase und Augen auf. »Woher wissen Sie ...?«

Hugo reckte das Kinn empor, faltete die Hände und schlug mehrmals die Finger rasch hintereinander zusammen. »Ich bin eine Art Hellseher«, sagte er, »und ich wünsche, dass Sie sich bei unserem Quiz konzentrieren. Wenn Sie die nötige Punktezahl erreichen, gewinnen Sie ein Abendessen, wenn nicht, sehen wir weiter. Sind Sie bereit?«

Das Quiz

»Welcher große Häuptling erlangte die christliche Taufe ...«

»Winnetou.«

»Falsch, das wäre zu billig. Außerdem war die Frage noch nicht zu Ende. Ich wiederhole: Welcher große Häuptling erlangte die christliche Taufe und wurde auf seine alten Tage zum Säufer?«

»Chingachgook.«

»Richtig. Was für einen Beruf hatte Dr. Robinson und wie kam er ums Leben?«

»Er war Arzt und wurde von Indianer-Joe erstochen.«

»Richtig. Wer sagte den Satz: ›Mein Fehler war, dass ich jemals Bücher aufschlug‹?«

»Wolf Larsen, der Seewolf.«

»Was war sein letztes Wort?«

»Unsinn.«

»Womit wurde einst der Brand des Palastes einer Kaiserin in kürzester Zeit auf spektakuläre Weise gelöscht?«

»Mit Urin.«

»Von wem stammt der Satz: ›Ich bekenne, dass nichts in meinem Leben mich mit einem solchen Entsetzen erfüllt hat als der Anblick dieses monströsen Busens‹?«

»Gulliver.«

»Wer erschrak, als er die Berge völlig mit Schnee bedeckt sah und die Kälte fühlte, weil er so etwas in seinem ganzen Leben noch nicht gesehen oder empfunden hatte?«

»Freitag.«

»Was war die größte Attraktion von Batulcars Gruppe?«

»Passepartout.«

»Falsch.«

»Die Langnasen.«

»Richtig. Wer floh wie getrieben von einem verfluchten Ding, das er in seinem Schlaf gehört oder gesehen hatte?«

»Lord Jim.«

»Wie hieß der Schiffskoch auf der ›Hispaniola‹?«

»Silver.«

»Was ist französischer Schnee?«

»Zucker.«

»Was heißt ›Schagskohare‹?«

»Schwimmendes Holz.«

»Wo liegt Ugogo?«

»An der Ostküste Afrikas in der Nähe von Sansibar.«

»Wo liegt St. Petersburg?«

»Am Mississippi.«

»Wer wollte sich nicht ›siwilisieren‹ lassen?«

»Huck Finn.«

»Wer schrieb: ›Andere Dichter haben ihre Harfe gestimmt, um in hohen Tönen das sanfte Auge der Gazelle zu feiern oder das holde Gefieder des Vogels in den Lüften; ich, von gröberer Art, besinge einen Schwanz.‹?«

»Herman Melville.«

»Welcher seltsame Vogel fällt Ihnen zu Sitzfleisch ein?«

»Oblomow.«

»Hervorragend!«, rief Hugo und trommelte begeistert mit beiden Händen auf den Tisch. »Wie ich sehe, könnten wir das Quiz endlos fortsetzen, aber leider – wir müssen auf das Publikum Rücksicht nehmen.«

»Welches Publikum?«, fragte Robert.

Hugo sah sich um, dann schlug er sich mit der Hand auf die Stirn. »Ich habe ganz vergessen … Jedenfalls haben Sie die erforderliche Punktezahl erreicht. Ich gratuliere!«

GÜNSTIGER WIND

»Wir haben Durst!«, rief Hugo ins Haus.

Durch Pepe ging ein Ruck. Er setzte sich aufrecht, machte aber weiterhin einen abwesenden Eindruck. Stumpf starrte er auf einen Punkt auf der Tischplatte.

Mama erschien mit einem Doppelliter Rotwein. Bevor er die Flasche aber aus der Hand gab, fuchtelte er Hugo mit ausgestrecktem Zeigefinger vor der Nase herum.

»Nicht zu viel trinken vor Essen, sonst wieder alles vollkotzen. Ich das nicht mögen!«

»Keine Angst, Mama«, sagte Hugo beschwichtigend, »heute sind wir brav.«

Mama stellte den Wein auf den Tisch. »Ich hoffen, sonst Haue-Haue.«

Hugo griff mit beiden Händen nach der Flasche und reichte sie Robert.

»Worauf trinken wir, junger Matrose?«, fragte er.

»Auf Chingachgook«, antwortete Robert.

»Das ist ein Wort!«, rief Hugo. »Und auf seinen Sohn Uncas, der von Magua, dem Hurensohn, getötet wurde!«

»Er war ein Hurone!« Robert trank und spürte augenblicklich die befreiende Wirkung, die vom Wein ausging. Eine achterliche Brise schwellte seine Segel.

»Alle Mann an Deck!«, rief er. »Und hart steuerbord nach Nantucket!«

DESPEKTIERLICHKEITEN

Robert setzte die Flasche gleich noch einmal an.

»So ist's recht«, sagte Hugo, »trinken Sie, bis die Segel in Fetzen von den Masten hängen«, und an Mama gewandt: »Ja, du abergläubischer Fleischberg, heute sind wir siwilisierte Trinker. Wir trinken auf den edlen, tapferen, unglücklichen Chingachgook und seinen Sohn Uncas! Huck, ich habe gesprochen!«

»Was wieder reden!« Mama hatte die Hände in die Hüften gestemmt und die Augenbrauen zusammengezogen. »Wie Kinder immer Mund offen haben. Und was herauskommen? Scheiße!«

Hugo grinste. »Weißt du überhaupt, dass es eine Insel gibt, wo sie solche wie dich als Sitzgelegenheiten benützen, weil sie weder Polstersessel noch Sofas haben?«

Mama überhörte das und wandte sich Pepe zu, der gerade die Flasche, die ihm Robert gereicht hatte, achtlos an Hugo weitergab.

»Bin neugierig, wie lange Wirkung diesmal. Porno-Paul mir Sorgen machen, wenn andere Gedanken hat.« Mama tätschelte ihm die Wange. »He, was du denken?«

»Äh«, war alles, was zu hören war«

»Äh – das du denken?«

»Lass ihn doch ausreden«, sagte Hugo, »vielleicht wollte er Äquator sagen oder ätsch.«

Mama ging nicht darauf ein. »Du große Idiot«, sagte er zu Pepe und klopfte ihm auf den Kopf, »wenn andere Gedanken haben. Noch größere Idiot wie sonst. Komplett plemplem.«

Schimpfend ging Mama zurück ins Haus.

Hugo war plötzlich sehr ernst. Er setzte die Flasche an die Lippen, trank gierig, wobei ihm Wein auf das Sakko tropfte, und knallte dann die Flasche auf den Tisch.

»Früher hat Mama ganz normal gesprochen«, sagte er, »bis seine Frau zusammengeschlagen wurde, weil man sie für eine Ausländerin hielt. Sie ist daran gestorben. Seither Mama so sprechen wie jetzt sprechen …«

»Mama ist ein geiler Fettsack!«, sagte Pepe unvermittelt.

»Es ist wieder so weit«, sagte Hugo und nickte Robert vielsagend zu.

Pepe schüttelte und streckte sich, als sei er gerade aus einem tiefen Schlaf erwacht. Er gähnte lautstark, zupfte aufgeregt an seiner Nase herum und rieb sich den Bauch, bis ihm der Doppelliter in die Augen stach.

»Die giert ja förmlich danach, dass man an ihr saugt«, sagte er und hing auch schon an der Flasche. Er schüttete den Wein in sich hinein, als habe er seit Tagen nichts mehr getrunken. Dabei hüpfte in seinem Hals der Adamsapfel munter auf und ab.

»Danach hat er immer besonders schön Durst«, sagte Hugo und klatschte ein paar Mal die Hände über dem Kopf zusammen.

Robert betrachtete fasziniert den hüpfenden Adamsapfel. »Hüpf, Adamsapfel, hüpf«, sagte er.

Porno-Paul

Nachdem Pepe ohne abzusetzen eine große Menge Wein in sich geleert hatte, reichte er die Flasche an Hugo weiter und wischte sich mit der Hand über den Mund. Dann zog er an seiner Nase, was einen gewaltigen Rülpser zur Folge hatte.

Unvermutet wandte er sich Robert zu und brüllte: »Ist dein Hormonhaushalt in Ordnung?«

Robert zuckte zusammen, sah Hugo fragend an.

»Reiz mich nicht auf!«, schrie Pepe. »Wenn ich dich was frage, antwortest du gefälligst, du Stecher!«

»Mein Hormonhaushalt ist in Ordnung«, sagte Robert trocken und sah, dass Hugo vor sich hin schmunzelte.

»Dann ist ja alles in Ordnung«, meinte Pepe versöhnlich, beugte sich über den Tisch und flüsterte Robert mit vorgehaltener Hand zu: »Ich habe da ein paar spitze Junghühner im Zimmer. Wenn du willst, machen wir anschließend eine Orgie – eine supersaftige Fete mit geilen Ingredienzien und dem ganzen Scheiß …«

»Nein danke«, sagte Robert kühl.

»Ach was!«, schrie Pepe und schlug mit der Faust auf den Tisch. »Ich habe Bock auf Perversitäten!«

»Ich nicht.«

Pepe rülpste. »Brauchst du vielleicht ein Stimulanzmittel?«

Robert rülpste.

»Wie wär's mit einer Spritznummer zwischen Riesenbrüsten?«

»Ich glaube, du gehst unserem Gast auf die Eier«, warf Hugo lachend ein.

»Jetzt weiß ich, was er will, der kleine Schlecker!« Pepe fuhr seine Zunge aus, eine Zwillingsschwester der Nase, was ihre Größe anbelangte, und bewegte sie blitzschnell zwischen den Mundwinkeln hin und her. Während seine Augen Robert zuzwinkerten, sagte er mit hoher Stimme, die verführerisch klingen sollte: »Na, du süßer kleiner Wichser, soll ich dich nach allen Regeln der Kunst verwöhnen?«

»Arschloch!«, sagte Robert.

Pepe tat, als sei er über diese Abfuhr zu Tode betrübt. Er wimmerte jetzt mitleiderregend vor sich hin und tupfte sich nicht vorhandene Tränen aus den Augen. Seufzend griff er zur Flasche, dem einzigen Freund auf dieser hartherzigen Welt, und trank und trank …

»Da!«, rief Robert und zeigte auf Pepe. »Da! Da bläst er!«

»Abdrehen«, stimmte Hugo ein. »Legt euch in die Riemen, Leute!«

»Wer weiß«, sagte Pepe, während er sich ausgiebig am Sack kratzte, »vielleicht führt unsere heiße Unterhaltung doch noch zu einem Blasjob.«

»Wo ist meine Harpune?«, sagte Robert.

Auf dem Holzweg

»Essen sein fertig!«, ertönte Mamas Stimme.

Hugo und Pepe standen gleichzeitig auf und gingen, ohne Robert weiter zu beachten, ins Haus. Er folgte ihnen taumelnd, denn er war schon leicht beduselt von dem Wein, den er auf nüchternen Magen getrunken hatte. Die achterliche Brise war vorbei, die Segel hingen schlaff herunter.

Robert befand sich in einem niederen Eingangsbereich, einem Durchgang, dessen Ende offen war und den Blick in den Wald freigab. Der Geruch von Holz schlug ihm entgegen, so eindringlich, dass er sich über die Nase, die zu wachsen begann, wie ihm schien, im ganzen Körper ausbreitete. Robert spürte förmlich, wie sich seine Glieder versteiften.

Die Wände des Ganges bestanden aus dicken Holzbalken, die unbearbeitet waren. An manchen Stellen ragten Aststümpfe hervor. Der Gang war höhlenartig und schmucklos, an seinem Ende schienen ein paar Bilder zu hängen.

Als Robert hölzern weiterging, glaubte er, seine Gelenke knarren zu hören. Es waren aber nur die Bretter des Fußbodens, die knarrten.

Rechter Hand eine erleuchtete Tür, aus der es herausdampfte.

Robert hörte Tellergeklapper und Stühlerücken.

Die Tür führte in die Küche, wo Hugo und Pepe bereits an einem großen Holztisch Platz genommen hatten.

Mama stand an der Abwasch und schüttete den Inhalt eines großen Topfes in ein Sieb. Als sich der Dampf gelichtet hatte, wusste Robert, dass es Unmengen von Kartoffeln geben würde. Eine Schüssel davon stand bereits auf dem Tisch; außerdem ein Schneideholz mit verschiedenen Käsesorten, Butter, Salz, Pfeffer, Teller, Besteck und zwei volle Doppelliter Rotwein.

Hugo schälte eine Kartoffel, während Pepe auf seinem Stuhl abwärts sank. Langsam rutschte er immer tiefer, bis er schließlich mit seiner Nase an der Tischkante hängen blieb. Mit zusammengekniffenen Augen verfolgte er jeden Handgriff, den Mama machte.

Um Roberts Aufmerksamkeit zu erlangen, schlug Hugo mit einem Messer auf den Tisch. Er holte eine Kartoffel aus der Schüssel, warf sie ein paar Mal in die Höhe und zerquetschte sie dann in der Hand, wo sie zwischen den Fingern hervorquoll. Er schrie auf, stürzte zum Wasserhahn und hielt die Hand unters kalte Wasser. Sein verschwörerisches Lächeln wurde von Robert erwidert.

»Was du für Quatsch machen!«, sagte Mama, aber Hugo saß schon wieder am Tisch und macht eine Unschuldsmiene.

Als sich Mama setzte, begann Pepe laut durch die Nase zu schnaufen, mit der er immer noch an der Tischkante hing.

Mama fuhr ihn an: »Du ordentlich sitzen bei Essen, sonst gibt's was! Du Rotzbub sein!«

Pepes Mund unter der Tischplatte sagte: »Unser Schweinepriester fehlt. Ohne ihn will ich nicht abspritzen ...«

»Jessas Maria«, sagte Mama, »ich denken, Stier sein St. Pauli!«

»Und ich denke«, sagte Hugo, »dass unser verwirrter Sohn vielleicht zur Hölle abgetaucht ist, wie es die Prophezeiung prophezeite.«

DIE RACHE DER KARTOFFELN

Mama ging hinters Haus, um nach St. Pauli zu rufen.

Hugo steckte sich Kartoffelschalen in beide Ohren.

»Bei uns«, sagte er, »werden die Kartoffeln richtig behandelt. Ihre Schalen werden nicht weggeworfen oder den Schweinen verfüttert, sondern in der Erde begraben. Und wem haben sie das zu verdanken? Mama, unserem Koch und Beschützer, der die Seelen der Kartoffeln nicht beleidigen will, damit sie nicht Rache üben an dem Menschengeschlecht. Sie könnten ihre Brüder und Schwestern warnen und dazu bringen, vor der Zeit zu faulen, zu verschrumpeln oder gar giftig zu werden.«

»Und wenn Sie zum Beispiel Frauen im Kopf haben«, fuhr Hugo an Robert gerichtet fort, »die Sie gern loswerden wollen, würde Ihnen Mama Folgendes raten: Sie nehmen eine rohe Kartoffel und schneiden sie in der Mitte durch. Dann ritzen Sie sich die Stirn, bis Sie bluten. Ein paar Tropfen von dem Blut geben Sie auf eine der Kartoffelhälften und vergraben sie in der Erde. Die andere Hälfte verbrennen Sie, und zwar um Mitternacht, an einer Wegkreuzung, wenn vom Mond nichts zu sehen ist. Die Hälfte, die mit Blut beschmiert ist, zieht und zieht und versucht, die andere Hälfte heranzuholen – und das hilft, die Frauen aus dem Kopf herauszuziehen.«

Hugo zog die Kartoffelschalen aus den Ohren.

»Und in diesem Fall rächen sich die Kartoffeln nicht?«, fragte Robert.

»Nein, denn die Kartoffeln haben ein großes Herz für solche wie Mama.«

ST. PAULI

»St. Pauli gleich da sein«, sagte Mama, als er wieder zurück war, und schlug Hugo auf die Finger, der gerade ein Stück Kartoffel zum Mund führen wollte.

Robert, der in derselben Absicht eine Kartoffel in der Hand hielt, legte sie zurück auf den Teller.

»Ihr warten, bis alle da.«

»St. Pauli ist ein gottverdammter Hurensohn!«, schimpfte Pepe unter der Tischkante.

»St. Pauli ist ein Forscher«, sagte Hugo zu Robert. »Er kam zu uns als Missionar und wurde zum Forscher bekehrt.«

»Was erforscht er denn?«

»Das Buch der Bücher. Ja, auf seine Art ist er recht bewandert ...«

Das laute Knarren des Fußbodens kündigte St. Pauli an, der kurz darauf in die Küche schlich.

St. Pauli war ein kleiner, kugelrunder Mann, dessen Kleidung stark an einen Kartoffelsack erinnerte. Bei genauerem Hinsehen konnte man feststellen, dass es tatsächlich ein Kartoffelsack war, den er am Leib trug.

Um den Hals hing ihm ein einfaches Kreuz, das keinen rechten Winkel aufwies: zwei Äste, verbunden durch einen Nagel, der ziemlich weit vorstand.

Eine Leichenblässe im pausbäckigen Gesicht bekreuzigte sich das Männchen, warf Robert einen furchtsamen Blick zu, und hätte Mama St. Pauli nicht unsanft auf einen Stuhl gedrückt, wäre er vermutlich wieder im Wald verschwunden.

Pepe schnellte unter dem Tisch hervor und langte augenblicklich zu.

»Du Hosenscheißer sein«, sagte Mama zu St. Pauli, »jetzt essen.«

»Nein!«, sagte der Angesprochene so entschieden, dass Pepe aufhörte zu kauen und den Bissen, den er im Mund gehabt hatte, wieder ausspuckte.

»Ich bin nicht gekommen«, fuhr St. Pauli mit lauter Stimme fort, die in krassem Gegensatz zu seinem Erscheinungsbild stand, »um den Frieden zu bringen, sondern das Schwert. Denn ich bin gekommen, um den Hugo mit der Mama zu entzweien, und den Porno-Paul mit mir, und den Arthur mit den Mäusen, und«, er zeigte mit ausgestrecktem Finger auf Robert, »wer ist das?«

Hugo legte eine Hand auf St. Paulis Hand, die andere auf Roberts Kopf. »Das ist ein Bursche, der Robert heißt und sehr gebildet ist. Er hat zwar keine Erfahrung im Schwertkampf, aber er sieht schlimme Bilder ...«

»Scharfe Nahaufnahmen«, konkretisierte Pepe.

»Er ist nicht der Teufel ...«

»Und warum hat er Hörner am Kopf?«, fragte St. Pauli.

»Und einen Schwanz?«, fragte Pepe.

»Hörner hat er«, antwortete Hugo, »weil er manchmal das Stierkampf-Spiel spielt ...«

»Und den Schwanz hat er«, kam ihm Pepe zuvor, »damit man ihn leermelken kann!«

St. Pauli bekreuzigte sich. Dann lächelte er Robert an und sagte: »Ich vergebe dir siebenundsiebzig Mal.«

Mama schnitt sich ein großes Stück Käse ab. »Jetzt essen, sonst wird kalt.«

»Nein«, sagte St. Pauli abermals, »zuerst das Tischgebet!«

»Ach herrjemine!«, sagte Mama.

St. Pauli faltete die Hände, schloss die Augen und senkte den Kopf.

»Komm, Herr Jesus, und sei unser Gast, und segne, was du uns bescheret hast ...«

»Scheiße!«, sagte Pepe mit vollem Mund.

Mama schlug beide Fäuste auf den Tisch, dass die Schüsseln und Teller schepperten. »Du nicht sagen Scheiße zu meinem Essen! Jeden Tag du sagen Scheiße ...«

»Reg dich ab, du Sex-Lawine!«

Das war zu viel für Mama, brachte das Fass zum Überlaufen. Ohne an ihre empfindliche Seele zu denken, nahm er eine Kartoffel und warf sie Pepe an die Stirn, wo sie zerspritzte.

»Das ist Sünde, kehrt um!«, rief St. Pauli, während er unter dem Tisch in Deckung ging.

Pepe dachte nicht daran, umzukehren, und spuckte Mama einen Bissen halbzerkauter Kartoffel ins Gesicht.

»Das nenne ich einen oralen Orgasmus!«, rief er vergnügt und wartete gespannt, wie Mama reagieren würde.

Hugo und Robert rückten mit ihren Stühlen vom Tisch weg, unter dem jetzt Gebetsgemurmel zu hören war.

»Der aktuelle Spielstand«, sagte Hugo, »lautet 1:1.«

Mama wischte sich mit der Hand übers Gesicht und schnappte Pepe blitzschnell am Kopf. Dann zog er ihn an den Haaren über den Tisch, wobei fast alles, was sich darauf befand, zu Boden krachte, und ohrfeigte ihn links und rechts.

»2:1«, kommentierte Hugo.

Pepe begann Mama zu kitzeln, worauf diesem nichts anderes übrig blieb, als den Quälgeist auf den Herd zu schleudern.

»3:2«, kommentierte Hugo.

Pepe griff nach einer Bratpfanne und mit dem Kampfschrei »Hoch lebe die Reizwäsche!« donnerte er sie Mama auf den Schädel.

»3:3«, kommentierte Hugo.

Mama hatte genug. Er packte Pepe am Kragen, öffnete das Fenster und warf ihn ins Freie. Dann schloss er das Fenster wieder und zog die Vorhänge vor.

»4:3 – kein Außenseitersieg. Ich gebe zurück ins Studio.«

DAS STUDIO

Robert hatte das Gefühl, als sei er es gewesen, der die Bratpfanne abbekommen habe. Mit schwirrendem Kopf starrte er auf die Vorhänge, die er erst jetzt bemerkte. Das Blumenmuster schien ihn zu verhöhnen. Er wollte die Vorhänge zerreißen, ließ es aber bleiben. Bei geschlossenen Vorhängen konnte man von außen nicht beobachtet werden, das war viel wert.

Robert wunderte sich über Mama und Hugo, sah von einem zum anderen: Die beiden waren erstarrt. Auch St. Pauli, von dem man nicht viel sehen konnte, weil er immer noch unter dem Tisch saß, war erstarrt. Robert hatte den Eindruck, als ob die drei angestrengt über etwas nachdachten. Keiner von ihnen rührte sich, nicht einmal ein Blinzeln mit den Augen war zu bemerken.

Die Zeit steht still, dachte Robert und lächelte blödsinnig.

Wie war er hierhergekommen?

Was hatte er hier verloren?

Sollte er mit den Fingern schnippen?

DER ABERGLAUBE

»Mann!«, sagte Robert und schnippte mit den Fingern, worauf wieder Bewegung in die Gruppe kam.

»Wo sein Kartoffeln? Gute Kartoffeln!«, rief Mama.

St. Pauli tauchte unter dem Tisch auf und wurde emsig. Während er alles, darunter viele Scherben, vom Boden aufsammelte und zurück auf den Tisch legte, sagte er: »Die Ernte ist groß, aber es gibt nur wenige Arbeiter.«

»Eins, zwei, drei …«, begann Hugo die Kartoffeln zu zählen, wurde aber von Mama unterbrochen.

»Du nicht Essen zählen! Du genau wissen, das Unglück bringen. Du mir selber gesagt.«

»Danke, dass du mich daran erinnerst!«, meinte Hugo mit gespieltem Entsetzen.

»Bringt es auch Unglück«, fragte Robert, »wenn man Ameisen zählt oder gar versucht, ihnen das Einmaleins beizubringen?«

»Ich nix davon wissen«, sagte Mama ärgerlich, »Ameisen nix gut …«

»Holzkopf!«, sagte Hugo und griff sich an die Nase.

KEIN SZENENAPPLAUS

Kurz bevor Mama nach Pepe sehen wollte, weil er sich schon Sorgen um ihn machte, stand dieser plötzlich in der Tür. Er grinste von einem Ohr zum anderen, blinzelte fröhlich mit den Augen und rieb sich die Hände.

»Das war wieder eine hundsscharfe Nummer, ihr geilen Miezen …«

»O Gott!« St. Pauli erhob die Blicke zur Küchendecke.

»Und jetzt«, fuhr Pepe fort, »habe ich eine Überraschung für euch! Jawohl, eine süße, kleine Überraschung, so wahr sich hier sexy Nutten vor der Hütte herumtreiben. Akt Nummer 1, die nasse Szene beginnt!«

Pepe winkte jemandem im Gang zu und stieß ein paar gurgelnde Laute aus. Gleich darauf betrat ein kleines, aber selbstbewusstes Mädchen die Küche.

Robert sprang auf, wobei sein Stuhl umkippte.

»Sie kennen sie?«, fragte Hugo spöttisch.

»Ja.«

»Leck mich am Arsch!«, rief Pepe. »Das wird eine verwegene Dreierorgie!«

»Das ist«, stotterte Robert völlig verwirrt, »ein Kind …«

»Na und?«, unterbrach ihn Pepe aggressiv. »Sex mit Minderjährigen war schon immer ein heißer Geheimtipp …«

»Jetzt ist es aber genug!«, schrie St. Pauli, wobei sich seine Stimme überschlug. »Nicht einmal vor Kindern zügelst du dein loses, verdorbenes, schmutziges, perverses …«

»RUHE!«, brüllte Mama.

St. Pauli fuhr zusammen, verstummte und bekreuzigte sich.

Pepe war nicht beeindruckt. »Na, da staunt ihr, wen ich da hinzu- und hineingestoßen habe …«

»RUHE!!!«

»Der brüllende Bill the Bull …«, weiter kam Pepe nicht, denn Mama hielt ihm den Mund zu und legte ihn übers Knie.

Pepe war wirksam außer Gefecht gesetzt, und Mama wandte sich liebevoll an das Mädchen, das Anna hieß. »Wie du hierhergefunden?«

Sie zeigte auf Robert. »Ich bin dem da nachgegangen.«

Alle Blicke waren auf Robert gerichtet. Er fühlte sich plötzlich wie auf frischer Tat ertappt, ohne dieses Gefühl erklären zu können. Mit den Fingern klopfte er nervös auf den Tisch. Er kam sich lächerlich vor. Um das peinliche Schweigen zu brechen, sagte er: »Ich habe ihr einen Ratschlag gegeben, dafür hat sie mir beim Schlafen zugesehen ...«

Pepe wollte unbedingt etwas sagen, aber Mama ließ nicht locker – mit eisernem Griff hielt er ihn gefangen.

»Was zum Teufel rede ich da!« Robert stützte sich auf den Tisch, ihm war schwindlig.

Anna kicherte, und in Roberts Kopf begann es zu rauschen.

»Sie hat ein Haus angezündet«, fuhr er mit unsicherer Stimme fort, während er sich gleichsam selbst zusah, »und«, er zögerte, »ich habe sie geküsst.«

Pepe zuckte, strampelte, zappelte – Mama hatte keine Gnade.

»Ich finde das schön«, sagte St. Pauli, »und ich glaube, die Kleine hat Hunger.«

Robert stand jetzt unbeteiligt im Raum und fragte sich, wo er war und was das alles zu bedeuten hatte.

Mama forderte Anna auf, sich zu setzen, und schob ihr mit der freien Hand einen Teller hin. St. Pauli rückte alles Essbare auf dem Tisch in ihre Nähe.

Kaum saß Anna, zeigte sie wieder auf Robert. »Könnt ihr auch so gut zittern wie der?«

»Wir können alle gut zittern«, ergriff nun Hugo das Wort, während er Käse und Kartoffeln auf seinen Teller lud. »Wir nehmen es mit jedem Espenlaub auf, das kannst du mir glauben.«

Hugo erhob sich von seinem Stuhl.

»Das sein keine Frau«, sagte Mama.

»Keine große, aber eine kleine Frau«, Hugo deutete eine Verbeugung an, »ich muss an die frische Luft.«

Vor Roberts Augen wurde es schwarz.

7. TEIL

»Wenn ich in gewissen Büchern lese, durch-
schauert mich plötzlich eine Ahnung von
einem schöneren tolleren Leben. Weiße
Kraniche fliegen durch die Wohnküche,
und die Luft, die durchs Fenster strömt,
riecht nach auslaufenden Schiffen, lieben-
den Frauen, schwitzenden Matrosen. Eine
Frau in einer dämmrigen Abendstunde, ist
sie nicht wie so ein gewisses Buch? Sie hat
himmelblaue Augen und ein Lachen, das
uns an Shanghai, wo wir noch nie gewesen
sind, erinnert. Ich glaube, ich liebe sie. Jetzt
aber spricht sie der schwitzende Matrose an,
sie nickt lachend und hängt sich an seinen
Arm. Mir bleibt das gewisse Buch übrig.
Ich könnte es auffressen vor Wut, Ha, wenn
jedes meiner Bücher eine Frau wäre, dann
wäre was los bei mir!«

URS WIDMER, *Vom Fenster meines Hauses aus*

STOCKDUNKEL

An der Bushaltestelle stand ein einbeiniger alter Mann. Er stützte sich auf zwei Krückstöcke, war ganz in Schwarz gekleidet und hatte den Hut tief ins Gesicht gezogen.

Robert drückte die Nase gegen das Fensterglas.

Der Mann begann mit einem seiner Stöcke etwas auf die Straße zu schreiben. Er ließ sich dabei Zeit, führte jeden Buchstaben mit langsamen, zittrigen Bewegungen aus, wischte sich zwischendurch den Schweiß von der Stirn.

»Duckmäuser«, sagte Robert, »warum verwendest du nicht Papier und Feder, Pfeil und Bogen oder Herz?«

Ein Hund näherte sich, blieb neben dem Mann stehen und schnüffelte an der unsichtbaren Schrift herum.

Robert steckte den Zeigefinger der rechten Hand ins rechte Nasenloch – so tief, dass er vor Schmerz aufstöhnte.

Der Hund hob das Bein, bevor er aber Wasser lassen konnte, wurde er von dem Mann verscheucht.

»Blut und Schnee«, sagte Robert. Und plötzlich wusste er, dass er die Schriftzeichen im Winter würde entziffern können, und zwar nach dem ersten Schneefall. Er beschloss, täglich den Wetterbericht zu verfolgen, um der Schneeräumung zuvorzukommen.

EINE ART PFINGSTWUNDER

Die Nachbarn sahen mit unverhohlener Neugier zu Robert herüber.

»Ich möchte nur wissen, was der den ganzen Tag treibt«, sagte die Frau, während sie verbissen mit einem Schneebesen Eiweiß zu Schaum schlug.

Der Mann, nur mit einem ärmellosen weißen Unterleibchen bekleidet, ballte die rechte Hand zur Faust und schlug sie hart gegen die Handfläche der linken. »Solche wie der«, er schlug schneller zu, »sind eine Schande für das ganze Land. Aber bald wird man kurzen Prozess machen mit diesen Nasenbohrern!« Die Finger der linken Hand umklammerten jetzt die Faust, die sich langsam hin und her drehte, als zermalme sie etwas.

»Du wirst sehen«, sagte die Frau und verschwand aus Roberts Blickfeld, »der Kuchen wird dir schmecken …«

»Ich pfeife auf deinen Kuchen, solange solche wie der da drüben frei herumlaufen!«

»Landratte!«, sagte Robert und wunderte sich mehr darüber, dass er plötzlich Mitleid für die Frau empfand, als dass er verstehen konnte, was die beiden redeten.

Das Männlein

Robert wurde schwindlig, der Boden unter seinen Füßen schwankte, und er musste sich aufs Bett legen. Vor seinen Augen tanzten leuchtende Ringe, als habe er – wie einmal als Kind – zu lange in eine brennende Glühbirne geschaut. Das hatte damals eine Panik bei ihm ausgelöst, weil er glaubte, das würde jetzt immer so bleiben: zeitlebens leuchtende Ringe vor der Nase.

Er holte sein Taschentuch hervor, steckte den Knopf, den er hineingemacht hatte, in den Mund und nuckelte daran.

»Warum schläfst du nicht?«, fragte zärtlich eine Frauenstimme.

»Ich kann nicht mehr«, antwortete Robert gleichgültig. Er wusste, dass er allein im Zimmer war.

»Schlaf jetzt«, sagte die Stimme.

Robert hörte auf zu nuckeln, stopfte das Taschentuch in den Mund, bis es ganz darin verschwunden war.

Die Frau begann zu singen: »Ein Männlein steht im Walde, ganz still und stumm ...«

Hängende Tatsachen

Robert wusste nicht, wie ihm geschah. Er befand sich neben Maria auf einer steil abfallenden Wiese, die weit oben an einen Wald grenzte. Beide suchten sie mit den Augen den Waldrand ab, über dem ein düsterer Himmel hing, an dem Wolken wie in wilder Flucht dahinjagten.

»Es hat keinen Sinn«, sagte Maria nach einer Weile und schickte sich an, ins Tal hinunterzugehen.

Robert versuchte es ganz konzentriert ein letztes Mal.

Er war mit seinen Blicken schon *daran* vorbei, sah noch einmal hin und erschauderte. Hoch oben in einem Baum, zwischen den Blättern kaum zu erkennen, hing ein Mensch ...

Robert schreckte auf und brauchte eine gewisse Zeit, bis er sich wieder zurechtfand. Er lag am Boden, umringt von Mama, St. Pauli und Pepe. Letzterer hatte eine riesige Hand vor dem Mund, über die seine Nase hing wie ein leerer Sack oder eine verschrumpelte Kartoffel.

»Guten Morgen«, sagte Mama.

»Gott sei Dank«, sagte St. Pauli.

Und Pepe, der auch gern etwas gesagt hätte, musste sich darauf beschränken, mit den Augen zu blinzeln. Immer noch hielt ihn Mama außer Gefecht.

Robert schüttelte den Kopf, stützte sich auf die Ellbogen, und während er auf Annas Beine starrte, die unter dem

Tisch lebhaft hin und her wippten, machte ihm St. Pauli mit dem Daumen Kreuzzeichen auf Stirn, Mund und Brust.

EIN KURZES UND HELLES KAPITEL

Als Roberts Gesicht über der Tischplatte erschien, begann Anna hellauf zu lachen.

»Die Sonne geht auf!«, rief sie und bewarf Robert mit Kartoffelschalen, worauf er verlegen grinste.

WAHLVERWANDTSCHAFTEN

Das Gelächter, in das nun auch St. Pauli eingestimmt hatte, tat Robert in den Ohren weh. Rasch belud er einen Teller mit Kartoffeln, Käse, Butter und Salz, wollte die Küche verlassen, wurde aber von Mama zurückgehalten.

»Du gehen?«

»Ich gehen.«

»Wegen Mädchen?«

»Nein.« Robert warf Anna eine Kusshand zu, was sie dadurch erwiderte, dass sie ihm die Zunge herausstreckte.

St. Pauli stellte sich entschlossen vor ihn hin. »Wer so klein wie diese Frau sein kann«, er zeigte auf Anna, »der ist im Himmelreich der Größte. Wer aber nicht mit mir ist«, er zeigte auf sich, »der ist gegen mich. Und wer sich nicht mit mir versammelt, der ist zerstreut ...«

»Genug«, sagte Mama, »morgen wieder Predigt. Jetzt still sein!«

»Lass ihn doch!«, rief Anna dazwischen.

St. Pauli warf ihr dankbare Blicke zu. »Überall wird ein Forscher verehrt, nur nicht in seiner Familienbande …«

»Warum du gehen?«, fragte Mama Robert noch einmal, während Pepe wieder einen Befreiungsversuch unternahm, der aber kläglich scheiterte.

»Ich gehe«, antwortete Robert und reckte das Kinn in die Höhe, »weil ich ein Freund von August Weltumsegler bin und keine Lust habe, hier in dieser Bucht zu versauern!«

Das Gelächter, das kurz ausgesetzt hatte, brach wieder mit voller Lautstärke los.

Robert verließ die Küche, in seinem Rücken die Stimme von St. Pauli: »In der Finsternis aber werden sie klappern und mit den Zähnen knirschen!«

DIE SCHLANGE

Robert setzte sich neben Hugo, der ihn vor dem Haus bereits erwartet hatte.

»Na endlich«, sagte er, ohne Robert anzusehen. »Da drinnen ist ja die Hölle los. Ich nehme an, auf Ihre Kosten.« Er klatschte ein paar Mal die Hände zusammen. »Hoffentlich sind die Kartoffeln noch nicht kalt. Ich kann kalte Kartoffeln nicht ausstehen. Kalte Kartoffeln …«

»Genug«, unterbrach ihn Robert, »ich will nichts mehr hören von Kartoffeln!«

»Apropos«, Hugo deutete grinsend auf Roberts Kopf, »Sie haben da etwas über ihrem rechten Horn.«

Robert griff danach und hatte eine Kartoffelschale in der Hand. Ärgerlich warf er sie weg.

»Das bringt Unglück«, sagte Hugo.

»Und wenn schon!«

Hugo begann in seinen Hosentaschen nach etwas zu suchen. Mit den Worten »Da ist sie ja« holte er schließlich eine Schnur hervor, die er sofort um das Haarbüschel band, das in der Mitte seines Kopfes emporragte. »Sie wissen natürlich, warum ich das mache.«

Robert zuckte mit den Schultern.

»Ich helfe Ihnen«, sagte Hugo, »das ist keine Schnur, sondern eine gehäutete, zugegeben sehr dünne Schlange.«

»Um Hexen fernzuhalten!«

»Hervorragend!«, rief Hugo. »Ich habe mich nicht in Ihnen getäuscht. Aber ein einfacher Faden hätte es auch getan.« Und in Mamas Tonfall fuhr er fort: »Jetzt aber essen, sonst Kartoffel beleidigt.«

MAHLZEIT

Schweigend saßen Hugo und Robert nebeneinander und widmeten sich dem, was sie auf ihren Tellern hatten.

»Kalte Kartoffeln«, sagte Hugo leise, »die Apokalypse ist nicht mehr fern.«

Es war eine warme Sommernacht, wie geschaffen für Nachtschwärmer und Abenteurer.

Die Blätter der Bäume raschelten leise im Abendwind, die Grillen zirpten und von Ferne war das Plätschern des Baches zu hören, an dem Robert vor einer Ewigkeit, wie es ihm schien, kurz geschlafen hatte.

Was hatte er damals geträumt? Wann war er das letzte Mal unter freiem Himmel gesessen, den Mond und die Sterne über sich? Wann hatte ihm das letzte Mal ein Essen so gut geschmeckt wie das, welches er jetzt verschlang? – Dunkel erinnerte er sich an das Frühstück mit Maria … Auch das war eine Ewigkeit her.

Sein Blick fiel auf die Flasche, die auf dem Tisch stand und wie ein Menetekel zum Himmel zeigte. Ich bin ein Witz, dachte er mit vollem Mund.

DIE GRILLEN

Fast gleichzeitig waren Hugo und Robert mit Essen fertig, fast gleichzeitig rülpsten sie in die Nacht hinaus, gleichzeitig griffen sie zur Flasche. Hugo ließ Robert den Vortritt. Nachdem auch er getrunken hatte, sagte er beiläufig: »Sie haben manchmal Todesahnungen, nicht wahr?«

Robert riss Mund und Augen auf.

»Sie enttäuschen mich, junger Mann«, Hugo schnalzte dreimal mit der Zunge, »die Dinge beginnen sich auf triviale Weise zu wiederholen – langweilig! Ich sagte Ihnen doch bereits, dass ich gewisse Fähigkeiten besitze, die nicht ohne sind.« Er schnalzte wieder dreimal.

Robert schluckte dreimal.

»Ich bin unter anderem Hellseher, Wahrsager und Medizinmann. Oder Scharlatan, wenn Ihnen das lieber ist.«

Robert hatte das Gefühl, als habe er einen Schlag auf den Kopf bekommen. Er kauerte sich zusammen, wie in Erwartung weiterer Schläge.

»Hören Sie die Grillen?«, fragte Hugo.

VERBLÜFFENDE SPRACHKENNTNISSE

Robert zündete sich eine Zigarette an – am falschen Ende. Wütend warf er sie weg, zündete sich eine neue an.

»Wie fühlen Sie sich?«, fragte Hugo.

»Wie das Krokodil im Kasperltheater«, antwortete Robert, ohne sich etwas dabei zu denken.

»Ich fühle mich wie das Kasperl. Seid ihr alle da? Ja!!! So ist's recht. Und immer alles für den Hugo!« Er lachte kurz auf, um dann zu verstummen.

Auf der gegenüberliegenden Seite der Lichtung kam ein Reh aus dem Wald. Es begann zu fressen, schaute dabei immer wieder zum Haus herüber. Robert dachte daran, dass er noch nie in seinem Leben ein Reh bellen gehört hatte.

»Rehe können bellen«, sagte Hugo.

»Bambi«, sagte Robert.

In der Küche war es längst ruhig geworden, nur manchmal konnte man Anna lachen hören.

Hugo brach das Schweigen. »Waren Sie schon einmal in Amerika?«

»Ich war noch nirgendwo.«

»Sie enttäuschen mich schon wieder.«

»In Italien war ich.«

»Kann ich eine Zigarette haben?«

Robert hielt ihm die Packung hin, gab ihm Feuer.

Nach dem ersten Zug musste Hugo husten, und das Reh verschwand im Wald.

»Arrivederci, bella ciao«, sagte Robert.

EIN STOLZER BESITZER

»Ich sehe«, Hugo applaudierte, »Sie besitzen verblüffende Sprachkenntnisse. Nur schade, dass Sie uns irgendwann verlassen werden.«

Robert lächelte müde.

Hugo bückte sich nach einem Holzscheit, das am Boden lag, und hielt es ihm unter die Nase. »Holz riecht gut, nicht wahr? Trotzdem weiß ich nicht, ob es besser ist, ein Stück Holz zu küssen oder ins Feuer zu werfen. Haben Sie manchmal Lust, aus Buchseiten Papierschiffe zu machen?«

»Aye-aye, Kapitän«, gab Robert zur Antwort.

»Hundswache?«

»Schiffswache von null bis vier Uhr.«

»Opferung des geweihten Weißen Hundes?«

»Große Feier bei den Irokesen.«

»Ich kenne eine Bäuerin«, fuhr Hugo nach einer kleinen Pause fort, »die über ihrem Bett eine Stickerei an der Wand hängen hat, auf der in altmodischer Schnörkelschrift steht: ›Hier brach ein einsames Herz kaputt‹. Was sagen Sie dazu?«

»Es war einmal ein Holz.«

»Was fällt Ihnen zu ›intra muros‹ ein?«

»Tom hinterlässt in den Haushalten mehr Spuren als Huck, das ist klar.«

Hugo applaudierte wieder. »Sie besitzen nicht nur verblüffende Sprachkenntnisse, sondern auch einen verblüffenden Verstand.«

»Thank you very much«, sagte Robert spöttisch.

Das Medaillon

Robert nahm ein Glitzern auf Hugos Brust wahr. Es stammte von einem Medaillon.

»Was ist das für ein Medaillon, das Sie da umgehängt haben?«, fragte er.

Hugo reagierte nicht.

»Ich habe Sie etwas gefragt.«

Hugo nickte mit dem Kopf, nahm dann das Medaillon vom Hals, öffnete den Deckel und reichte es Robert mit den Worten: »Ich trage es Tag und Nacht.«

Robert schaute auf das Bildnis, wurde aber nicht schlau daraus. Er konnte nur einen schwarzen Schatten erkennen. Irgendein Tier war da abgebildet. Hugo nahm ihm das Medaillon aus der Hand und stieß ein paar Laute aus, die entfernt an das Wiehern eines Pferdes erinnerten.

»I-ah«, machte Robert.

O

»Das passt zu Ihnen«, sagte Hugo. »Sie haben sich in Gegenwart des Kindes wie ein großer Esel benommen.«

Robert wurde rot und ärgerte sich darüber. »Sagen Sie mir lieber, was es mit dem Medaillon auf sich hat.«

Hugo lächelte höhnisch. »In Anbetracht Ihrer abenteuerlichen Bildung und unserer langen Freundschaft wundert mich Ihre Frage.«

»Lange Freundschaft?« Robert spuckte aus. Er griff unwillkürlich zur Flasche, setzte sie hastig an die Lippen, und kurz darauf rann ihm der Wein übers Kinn. Mit beiden Händen verwischte er ihn im Gesicht.

Hugo lehnte sich zurück. »Man kann natürlich auch anders ausdrücken, was uns verbindet«, sagte er und fügte hinzu: »Was halten Sie eigentlich von uns?«

Robert rülpste. Er kämpfte gegen einen plötzlichen Brechreiz, der ihn ganz in Anspruch nahm.

»Ist das alles?«, fragte Hugo.

Robert wand sich auf seinem Stuhl. Er spürte die Hand, die durch seinen Hals in den Kopf drang und seinen

Mund bewegte: »Ich habe das Gefühl, Sie schon lange zu kennen.«

Hugo war belustigt. »Nur mich?«

»Nein«, Robert zögerte, »auch die anderen, wenn ich's mir recht überlege ...«

»Wenn ich's mir recht überlege«, äffte Hugo Robert nach, um dann gleich hinzuzufügen: »Und Arthur werden Sie morgen kennenlernen. Er ist ein Fall für sich. Ich weiß, dass er Ihren Großvater kannte ...«

»Otto?«, rief Robert ungläubig aus.

»Otto.«

Roberts Mund formte ein O.

Die Gnadengabe

In Roberts Magen schlugen die Säfte hohe Wellen, auf denen ein lecker Kahn herumschaukelte, in dem Otto saß und mit einer Spritzpistole nach oben zielte.

In Roberts Kopf ging es drunter und drüber, eine Frage reihte sich an die andere. Wer zum Teufel war dieser Mann, der neben ihm saß? Warum kam er ihm so bekannt vor? Wer war dieser Arthur, der seinen Großvater gekannt haben sollte? Wer oder was hinderte ihn daran, klar zu sehen? Warum konnte er nicht herausfinden, was gespielt wurde? Warum war die Flasche vom Fensterbrett verschwunden? Warum kam ihm jetzt wieder diese verdammte Flasche in den Sinn?

»Wissen Sie vielleicht auch«, schrie Robert, »warum diese verdammte Flasche ...« Er schluckte, klammerte sich an den Tisch, würgte ein paar Mal und übergab sich.

»Was Ihnen fehlt«, hörte er Hugo sagen, »ist Charisma.«

Das Fernrohr

Nachdem sich die Wogen in Roberts Magen geglättet hatten und in seinem Kopf Windstille eingetreten war, fühlte er sich besser.

Hugo tippte ihm auf die Schulter. »Sie werden noch früh genug herausfinden, wer die Flasche verschwinden ließ. Und was Ihre Todesängste anbelangt, kann ich Ihnen versichern, dass sie begründet sind. Es sei denn, Sie bleiben bei uns und ergeben sich in Ihr Schicksal.«

Robert wunderte sich über gar nichts mehr, nicht einmal über den kleinen Schweinehund, der jetzt über die Lichtung rannte, als sei der Teufel hinter ihm her. Robert war müde und ausgelaugt, sollte der komische Hellseher doch erzählen, was er wollte.

Hugo drückte ihn am Arm. »Nerven wie Drahtseile hat niemand, schon gar nicht hier und heute. Glauben Sie, dass Sie das Zeug zu einem Seefahrer haben?«

»Ohne Schiffe im Kopf wäre ich längst abgesoffen.«

Hugo lachte.

Robert bildete mit Daumen und Zeigefinger einen Kreis, durch den er durchsah.

»Ich fürchte«, sagte Hugo, »Sie werden sich mit Arthur gut verstehen.«

Robert suchte den gegenüberliegenden Waldrand ab.

»Ist die Aussicht gut, die Sie durch Ihr Fernrohr haben?«

Robert schwieg. Er hatte es satt, auf Hugos Fragen zu antworten.

Ein langes und dunkles Kapitel

Nachdem Hugo nicht locker ließ und weiterhin Fragen

stellte, die immer abwegiger und absurder wurden, beschloss Robert, den Spieß umzudrehen.

»Warum sind Sie vorhin aus der Küche gegangen?«

»Ganz einfach«, sagte Hugo schnell, »weil ich den Anblick essender Frauen nicht ertragen kann.«

Robert holte tief Luft. »Warum das denn?«

Hugo stand auf und wandte sein Gesicht dem Wald zu. »Das ist eine lange Geschichte«, antwortete er schließlich mit deutlicher Erregung in der Stimme, »ein langes und dunkles Kapitel in meinem Leben. Ich werde es Ihnen später einmal erzählen, falls Sie nicht selbst dahinterkommen.«

EIN SYNÄSTHETISCHES BILD

Der Mond stand leuchtend am Himmel, umringt von Wolken, deren Ränder in seiner unmittelbaren Nähe leicht gerötet waren.

»Was geht da oben vor sich?«, sagte Robert, während er gleichzeitig dachte: Was geht hier unten vor sich?

Aus einem Fenster über seinem Kopf hörte er plötzlich ein leises Stöhnen, das er sofort mit Pepe in Verbindung brachte.

Es dauerte nicht lange, da wurde das Stöhnen lauter. Es ging in ein hündisches Hecheln über, wurde zu einem abgehackten Keuchen und mündete schließlich in einen lang gezogenen Schrei, der in Robert ein synästhetisches Bild aufsteigen ließ. Der Schrei war fleischfarben, roch nach Fisch und stieg gleich einer Silvesterrakete in die Höhe, explodierte und teilte sich in viele kleine Seufzer, die langsam zu Boden sinkend noch in der Luft verhallten.

Robert trank den letzten Rest aus der Flasche und zündete sich eine letzte Zigarette an. In seinem müden, überforderten Kopf reihte sich eine Frage an die andere.

Warum konnte Hugo den Anblick essender Frauen nicht ertragen?

Warum wusste Hugo, wer die Flasche von seinem Fensterbrett entfernt hatte?

Warum kam ihm Hugo so bekannt vor?

Warum war Anna ihm gefolgt? Hatte sie wirklich ihr Elternhaus angezündet?

Was ging in Pepes Kopf vor, wenn er andere Gedanken hatte?

Was hatte St. Pauli gemacht, bevor er hier lebte?

Warum kannte dieser Arthur seinen Großvater?

Warum wusste Hugo überhaupt etwas von Otto?

Warum lebten zwei so unterschiedliche Figuren wie Porno-Paul und St. Pauli zusammen unter einem Dach?

Warum wusste Hugo, dass er »schlimme Bilder« sah?

Wie alt war Hugo?

Warum gingen ihm die Zigaretten nicht aus?

Warum hatte er im Zusammenhang mit der Flasche Todesahnungen gehabt?

Warum hatte ihn Hugo gefragt, ob er »Briefe an niemanden« schrieb? Hatte er ihn das überhaupt gefragt?

Wer lag auf dem verwilderten Friedhof begraben?

Warum wohnten hier nicht vier Frauen?

Wer waren die drei Leichen gewesen, die er im Wald gesehen hatte?

Warum dieses Rauschen in seinem Kopf?

Wie viele Liebhaber hatte Maria gehabt?

Was waren das für Geschichten gewesen, die Otto ihr erzählt hatte?

Warum wollte Otto ausgerechnet wie ein Hund sein?

Warum war er den zwei Mädchen aus dem Bus nicht gefolgt?

Wer hatte die Flasche entfernt?

Warum war er zu dem blinden Mädchen so aggressiv gewesen?

Warum hatte ihm Maria so eine Abschiedsszene gemacht?

Hätte er sie in dem Zustand allein lassen dürfen?

Was hinderte ihn daran, ein ganz normales Leben zu führen?

Was sollte das sein, ein ganz normales Leben?

Warum hatte er ein Kruzifix gesehen, wo gar keines war?

Warum hatte er Maria angelogen?

Warum zitterte er so oft?

Warum hatte ihn die Stimme der Frau am Telefon so fasziniert?

8. TEIL

Es ist nicht zu beschreiben, in was für verschiedenen Gestalten meine erhitzte Einbildungskraft die Dinge verwandelte, was für eine Menge wilder Vorstellungen meine Phantasie mir auf dem Heimweg vorspiegelte und welch sonderbare unerklärliche Einfälle mir in den Sinn kamen.

DANIEL DEFOE, *Robinson Crusoe*

Robert lag in einem muffigen Bett, das sich in einem niederen Raum befand, dessen Wände ganz aus Holzbalken bestanden. Der Boden und die Decke waren aus Holzbrettern. Durch das Fenster über seinem Bett fiel Mondlicht, ein paar Äste und Zweige davor führten einen wilden Tanz auf.

»Walpurgisnacht«, sagte Robert leise.

In einem zweiten Bett, an der gegenüberliegenden Wand lag Anna, die sich unruhig im Schlaf herumwälzte. Ihre Bettdecke hatte sie bereits weggestrampelt. Sie krümmte sich zusammen, zog das viel zu große T-Shirt, das sie anhatte, über die Knie, um die Beine gleich wieder auszustrecken. Sie sprach leise im Schlaf, unverständliche Sätze, seufzte manchmal auf, während die Äste und Zweige vor dem Fenster nervöse Schatten auf ihren Körper warfen, als wollten sie das Mädchen aus dem Schlaf reißen, damit es ihnen bei ihrem Tanz zusah.

Robert lächelte. Zuerst hatte Anna ihm beim Schlafen zugesehen, jetzt sah er ihr dabei zu.

Seine Kehle war ausgetrocknet. Er hatte zu viel Wein getrunken.

»Wasser«, flüsterte Robert und stand leise auf. Er schlüpfte in Hose, Jacke und Schuhe, die neben seinem Bett auf dem Boden lagen.

Der Bretterboden knarrte laut, als er zur Tür schlich.

Anna wachte nicht auf. Das Knarren wurde Bestandteil ihres Traumes, passte gut dazu.

Robert ging die Stufen der schmalen Treppe hinunter in die Küche, wo er das Licht aufdrehte. Jemand hatte Ordnung gemacht, St. Pauli wahrscheinlich.

Robert trank zwei Gläser Wasser und rauchte eine Zigarette, bevor er wieder die Treppe hinaufging und sich angezogen aufs Bett legte. Er musste daran denken, dass es einmal eine Zeit gegeben hatte, in der er jeden Abend vor dem Einschlafen ein Gebet gesprochen hatte. Das war damals eine Selbstverständlichkeit gewesen wie das Zähneputzen. Er lachte leise in sich hinein. Ja, früher war er, wie Pepe vielleicht sagen würde, ein superperverser Typ gewesen.

KOPFLOS

Robert stand an der Bushaltestelle neben einem alten, bärtigen Mann, der mit einem Spazierstock bewaffnet war.

»Schon wieder so einer«, sagte Robert.

»Wie bitte?«, sagte der Alte.

»Ihr geht mir auf die Nerven!«

Robert begann zu hüpfen.

Der Mann fuhr ihm sofort mit dem Stock zwischen die Beine und brachte ihn zu Fall. Noch während Robert fiel, wurde ihm schlagartig klar, dass es um Leben und Tod ging. Panik erfasste ihn. Er wollte so schnell wie möglich wieder auf die Beine kommen, aber er spürte eine Last auf sich, die ihn niederdrückte. Wie gelähmt lag er auf dem Rücken, hilflos wie ein Käfer, unfähig sich zu erheben.

Über sich das Gesicht des alten Mannes, das vor Hass verzerrt war.

»Jetzt hat es sich ausgehüpft, du Kinderschänder!«, schrie der Mann und holte mit dem Stock zum Schlag aus.

Otto kam angerannt, bewaffnet mit einer Wasserspritzpistole, die er mit zitternden Händen auf den bärtigen Mann richtete.

Der sah ihn nur verächtlich an. »Verschwinde, du alter Spinner, oder ich steche dich ab wie einen Hund!«

Otto zuckte mit den Schultern, warf die Pistole zu Boden und verzog sich wieder.

Der Spazierstock wurde zu einer Axt, die Robert mit einem einzigen Hieb den Kopf vom Körper trennte.

Roberts Kopf rollte geräuschlos weg, er sah, wie sich sein Körper krümmte, wie er zuckte, wie aus dem Blut, das stoßweise aus seinem Hals kam, plötzlich ein kleiner Penis auftauchte, dessen winziger Mund sich öffnete bis ein Schrei ertönte, den Robert nicht hören konnte.

DIE HOHEN FRAUEN

Robert konnte nicht wieder einschlafen. Zu viel rauschte ihm durch den Kopf. Draußen war es hell geworden, die Sonne würde bald aufgehen. Er beschloss, einen Spaziergang zu machen.

Robert trat vor das Haus. In welche Richtung sollte er gehen? Die Richtung, aus der er gekommen war, schied aus. Das Reh vom Vorabend fiel ihm ein. Er überquerte die Lichtung. Ungefähr dort, wo das Reh im Wald verschwunden war, führte ein schmaler Weg ins Dickicht.

»Dickicht«, sagte Robert, »Dickicht, Dickicht, Dickicht ...« Er wiederholte das Wort so lange, bis es ihm zum Hals heraushing.

Der Weg war gewunden, immer wieder musste Robert Äste und Gestrüpp zur Seite schieben, wollte er weiterkommen.

»Buschmesser«, sagte er, »Buschmesser, Buschmesser, Buschmesser ...«

Nachdem er schon eine ganze Weile unterwegs war, hörte er eine Musik, die die Luft zum Vibrieren brachte. Ein leises

Summen, das über ihm schwebte, auf ihn herabsank und ihn einhüllte.

Er schaute hinauf, denn die Musik kam von oben. Die Sonne musste bereits am Himmel stehen, die Ränder der Blätter leuchteten, funkelten, wenn sie vom Wind bewegt wurden. Erst schemenhaft, dann immer deutlicher nahm er Gestalten wahr, die dazu angetan waren, ihm die Sinne zu rauben.

Robert zitterte. Hoch oben in den Baumkronen, auf dicken Ästen, die ihn zum Teil an die Hände schwarzer Riesen denken ließ, räkelte sich ein Dutzend nackter Frauen. Sie waren es auch, die für die Musik verantwortlich waren, die jetzt anschwoll zu einem vielstimmigen Choral. Eine Musik, wie sie Robert nie zuvor gehört hatte.

Alle Augenpaare waren auf Robert gerichtet. Es waren schmachtende, erwartungsvolle, auffordernde Blicke. Die Frauen lächelten lasziv, wiegten verführerisch ihre Köpfe, wippten mit ihren langen Beinen, zeigten ihm ihre Blößen mit hingebungsvoller Schamlosigkeit.

Robert versuchte sich daran zu erinnern, was in einer solchen Situation zu tun war. Er wusste, da gab es etwas, aber es fiel ihm nicht ein.

Er war hin und her gerissen, konnte sich nicht entscheiden, hob schließlich zögernd die Hand. Eine der Frauen lächelte erfreut und machte sich zum Sprung bereit. Und plötzlich, noch bevor er den Mund geöffnet hatte, fiel Robert ein, dass man nackte Frauen auf Bäumen auf keinen Fall ansprechen durfte. Sonst sprangen sie hinunter und brachen sich den Hals. Wie hatte er das vergessen können, jedes Kind wusste das. Was sollte er mit einer toten Frau anfangen? Man hatte ihm zu Unrecht vorgeworfen, ein Kinderschänder zu sein, er wollte nicht zu Unrecht vorgeworfen bekommen, ein Leichenschänder zu sein.

Robert riss sich von dem bezaubernden Anblick der Baumfrauen los. Augenblicklich brach das verführerische Summen ab und wurde zu einem höhnischen Gelächter.

Robert rannte los.

DER WILDTÖTER

Als sich die Bäume lichteten, wusste Robert, dass er sich dem Waldrand näherte.

Er stürzte ins Freie und rieb sich die Augen.

Ein paar hundert Meter unter ihm lag ein Dorf, daneben glitzerte ein See, dessen Ausmaße Robert nicht feststellen konnte, weil ihm der Wald die Sicht verstellte.

Robert sah sich nach kleinen Tieren um. Er sah einen Schmetterling, dessen Namen er nicht kannte, pirschte sich an ihn heran, schnappte ihn bei den Flügeln und zerquetschte ihn zwischen Daumen und Zeigefinger. In weiterer Folge fielen ihm noch zwei Schmetterlinge, außerdem drei Bienen, fünf Fliegen und etliche andere Insekten, deren Namen er nicht kannte, zum Opfer.

Er wusste, dass die Tiere mit gewissen Leuten unter einer Decke steckten. Das konnte er nicht ungestraft durchgehen lassen.

DIE AUSSICHT

Robert setzte sich auf die Bank, die am Waldrand stand und genoss die Aussicht.

»Häuser«, sagte er, »Fernsehantennen, Zäune, Gitter, Autos, Kirche, Tischlerei, Lebensmittelgeschäft, Bäcker,

Wiesen, Blumen, Insekten, Vögel, Wasser, Fische, Berge, Bäume, Gräser, Sträucher, Steine, Straßen, Verkehrszeichen, Gipfel, Felsen, Wolken, Himmel, Herrgott, Zack!«

EIN LIEBESAKT

Ungefähr hundert Meter unter Robert, auf der Wiese zwischen Waldrand und Dorf, näherte sich ein alter Mann einer Kuh, die friedlich graste. Der Mann stützte sich beim Gehen auf einen Wanderstab. Als ihn die Kuh bemerkte, ging sie ein paar Schritte auf ihn zu und muhte.

Der Mann rief etwas, das aus der Entfernung nicht zu verstehen war. Er war jetzt bei der Kuh und streichelte ihr den Kopf. Der Alte näherte sich mit seinem Mund dem Ohr der Kuh, das sie erwartungsvoll aufgestellt hatte, und flüsterte etwas. Die Kuh wandte ihm daraufhin ihr Hinterteil zu, streckte es in die Höhe und scharrte mit dem rechten Vorderbein.

Der Mann hob seinen Wanderstab und steckte ihn der Kuh langsam von hinten ein Stück weit hinein.

Robert war fasziniert von dem Schauspiel.

Der Mann bewegte jetzt vorsichtig den unteren Teil des Stabes vor und zurück. Deutlich war zu hören, dass er dabei spitze Lustschreie ausstieß.

Der Schwanz der Kuh richtete sich immer höher auf.

Der Mann japste, seine Bewegungen mit dem Stab wurden schneller und schneller, und das, obwohl die Kuh nichts mehr von ihm wissen wollte. Sie ging weg, ohne dass der Mann mit seinem Hin und Her aufhörte. Er stocherte nun in der Luft herum, stieß einen Schrei aus. Der Stab neigte sich zu Boden, bohrte sich in die Wiese.

»Du meine Scheiße«, sagte Robert, »lange halte ich das nicht mehr aus.«

Es wird subtil

»Was grinsen Sie so dämlich«, sagte ein Mann, der sich unbemerkt der Bank genähert hatte.

»Jetzt wird's subtil«, sagte Robert.

»Was ist los?«

»Einiges ist los hier«, sagte Robert, »wer würde das vermuten, am Rand des Waldes, am Arsch der Welt.«

Der Mann machte eigentlich einen harmlosen Eindruck. Rundes Gesicht, runder Körper. Er trug legere Sommerkleidung, streckte einen ansehnlichen Bierbauch in die Gegend, hatte die Hände in den Hosentaschen. Insgesamt sah er aus wie einer, dem schon lange niemand mehr den Kopf gestreichelt hatte.

»Also was ist, was soll das blöde Grinsen? Glauben Sie, Sie sind allein auf der Welt?«

»Ich weiß, dass ich einer von vielen bin«, antwortete Robert.

Der Mann nahm die Hände aus den Hosentaschen und stemmte sie in die Hüften. Er tat dies nicht mütterlich geduldig wie Mama, sondern väterlich ungeduldig wie ein strenger Herr Papa.

»Was soll das werden?«, fragte er höhnisch. »Was für Geschichten erzählst du mir da, Bürschchen?« Die Backenknochen des Mannes traten hervor. »Du gehörst wohl zur halblustigen Sorte!«

»Schlange, Tiger, Hai, Ungeheuer!«

»Abschaum!« Der Mann schnaubte jetzt wie ein Stier.

Robert machte ein beleidigtes Gesicht. »Ich will bei diesem Spiel den Stier spielen. Wenn wir also bitte die Rollen tauschen würden …«

Der Mann starrte ihn verständnislos an.

Robert begann zu würgen. Er spürte die Hand, die durch seinen Hals nach oben drängte, in seinen Kopf fuhr und ihm den Mund öffnete: »Du verstehst doch Spaß, nicht wahr?«

Der Mann bebte jetzt vor Wut. »Hör mal, du kleiner Witzbold, du großer Schlappschwanz …«

»Beruhige dich«, sagte Robert, »kein Grund zur Panik. Hast du heute Morgen gegurgelt?«

Der Mann kam bedrohlich näher.

»Arschloch!«, brach es aus Robert hervor. »Aufgeblasenes, vollgefressenes, vertrotteltes, verblödetes …«

Der Mann packte Robert mit der linken Hand an der Kehle, mit der rechten holte er zum Schlag aus. Robert bekam es mit der Angst zu tun, er wollte noch nicht sterben. Er wollte etwas sagen, aber der Griff um den Hals ließ das nicht zu.

»Jetzt hör mir mal zu, Bürschchen«, sagte der Mann mit einem Schuss dummer Selbstgerechtigkeit und einem Schuss kaltblütiger Beschränktheit, mit einem Wort: in einem äußerst männlichen Tonfall. »Hier ist Endstation! Mit solchen wie dir wird kurzer Prozess gemacht. Wir lassen uns von euch nicht auf den Kopf machen, wir nicht! Hast du mich verstanden, du verfluchter Nasenbohrer, du blöder Wichser!«

Robert bekam eine aufs Auge, dass ihm Hören und Sehen verging.

DER HAUPTGEWINN

»Heute ist mein Glückstag«, sagte Robert, nachdem der Mann sich aus dem Staub gemacht hatte und er wieder klar sehen konnte. Er wusste nicht, wie recht er damit hatte.

Mit unsicheren Schritten ging Robert durch die Wiese ins Dorf hinunter. Am Ortseingang begegnete er einem jungen Mann.

»Lieber Freund, Sie sehen aus, als könnten Sie ein Auto gebrauchen«, sagte der junge Mann, der aussah wie einer, der sich noch nie Gedanken über die postheroische Gesellschaft gemacht hatte.

Robert war müde, er wollte etwas essen und trinken, fühlte sich wehrlos und ausgeliefert, seine Freunde im Wald waren weit weg. Wie kam er dazu, sie als Freunde zu bezeichnen?

»Mit ein bisschen Glück können Sie ein Auto gewinnen – ein nigelnagelneues Auto mit allen Schikanen, das ist doch was!«

»Ich hasse Autos«, sagte Robert.

»Irgendwie tun wir das doch alle. Aber Sie mögen Frauen, habe ich recht?«

Robert schwieg.

Der Mann legte einen Arm um Roberts Schultern und erklärte: »Wir suchen das netteste Mädchen hier aus der Gegend. Was ich von Ihnen verlange«, der Mann hielt Robert einen Katalog unter die Nase, »dass Sie sich diese 24 Mädchen im Katalog ansehen. Anschließend sollen Sie das Mädchen ankreuzen, auf das Ihre Wahl gefallen ist ...«

»Sind Sie verrückt?«, fragte Robert tonlos.

»Junger Mann, Sie haben Humor, das merke ich. Dürfte ich Sie nun bitten, sich auf Ihre Aufgabe zu konzentrieren ...«.

DAS NETTESTE MÄDCHEN

Auf der ersten Seite des Katalogs wurde erklärt, dass in der Folge 24 Mädchen vorgestellt würden. Unter dem Foto des jeweiligen Mädchens würden folgende Daten zu lesen sein: Vorname, Alter, Beruf und ein für die junge Frau typischer Satz aus ihrem Mund.

WIR SUCHEN DAS NETTESTE MÄDCHEN!
EIN AUTO ZU GEWINNEN!
VIELE ANDERE PREISE!
ES GEHT LOS!

1
Yvonne, 18, Bürokaufmann:
»Die Natur rächt unsere Umweltsünden.«

2
Regina, 25, Kindergärtnerin:
»Mein Traummann hält sich wohl versteckt.«

3
Daniela, 16, Gymnasiastin:
»Man sollte mehr reden und weniger streiten.«

4
Petra, 18, Bürokaufmann:
»Ich will keinen Kater im Sack.«

5
Isolde, 25, Verkäuferin:
»Drei Kinder möchte ich haben.«

6
Daniela, 19, Berufsberaterin:
»Ich kann nur in meinem Heimatdorf leben.«

7
Birgit, 17, Bürokaufmann:
»Mein Berufsziel: Chefsekretärin.«

8
Claudia, 23, Hausfrau:
»Das Leben als Dreifachmama ist anstrengend, aber schön.«

9
Monika, 23, Bürokaufmann:
»Wer sagt, ich kann das nicht?«

10
Ulrike, 23, Geschäftsfrau:
»Was ich plane, wird gemacht.«

11
Andrea, 17, Schülerin:
»Ein Kind von Traurigkeit bin ich nicht.«

12
Patricia, 18, Modeverkäuferin:
»Laster und Fehler hat doch jeder.«

13
Christine, 25, Serviererin:
»Ärgern ist doch völlig zwecklos.«

14
Christa, 20, Sekretärin:
»Das Eheleben darf nicht zur Gewohnheit werden.«

15
Brigitte, 25, Bürokaufmann:
»In die Politik – warum nicht?«

16
Martha, 17, Friseurin:
»Wer sagt, die Jugend hätte keinen Charakter?«

17
Elvira, 20, Sekretärin:
»Arbeit ist nicht Müh' und Plag'.«

18
Dagmar, 17, Modeverkäuferin:
»Warum alles negativ sehen?«

19
Jutta, 24, Angestellte:
»Jack McLässig will ich keinen.«

20
Sabina, 23, Sekretärin:
»In unserer Ehe gibt es keinen Kommandanten.«

21
Elke, 19, Modeverkäuferin:
»Alkohol und Zigaretten sind für mich tabu.«

22
Carmen, 22, Hausfrau:
»Die Familie ist mein schönstes Hobby.«

23
Marlene, 19, Modeverkäuferin:
»Jeder Tag sollte der schönste sein.«

24
Sonja, 21, Bürokaufmann:
»Mein Partner darf kein Stubenhocker sein.«

IN 25 JAHREN

»Na, wie hat's Ihnen gefallen?«, fragte der junge Mann und klatschte in die Hände.

Robert machte ein verächtliches Gesicht, was den jungen Mann aber nicht kümmerte.

»Und«, fragte er aufgekratzt, »für welches Mädchen haben Sie sich entschieden? Nicht ganz einfach bei dieser Auswahl, nicht wahr?« Schon wieder klatschte er die Hände zusammen.

»Sie können Hugo nicht das Wasser reichen, auch wenn Sie sich noch so sehr bemühen«, sagte Robert.

»Hugo? Ich verstehe nicht ...«

»Ein bisschen viele Bürokaufmänner sind dabei, finden Sie nicht auch?«

Der Mann lachte gequält. »Das wurde aus der regionalen Tageszeitung übernommen. Haben Sie sich für einen Bürokaufmann entschieden?«

Robert spuckte auf den Boden.

»Bürokaufmann, du meine Fresse«, sagte Robert.

»In 25 Jahren wird alles anders sein!«, rief der Mann plötzlich aus, »dann wird es selbstverständlich Bürokauffrauen geben, aber noch nicht heute! Nicht an diesem Ort, nicht in dieser Zeit, nicht in dieser Tageszeitung … Ich habe es gewusst, ich bin im falschen Film, das ist nicht mein Leben.«

Nicht der Rede wert

Robert ließ das Dorf hinter sich und kehrte zurück zu der Bank am Waldrand. Er verschränkte die Hände hinter dem Kopf und streckte die Beine aus. Vielleicht würde irgendwann alles gut werden. Eine leise Hoffnung hatte von ihm Besitz ergriffen, die wollte er nicht so schnell verlieren.

Robert war enttäuscht, als das dicke Arschloch von vorhin wieder auftauchte.

Der Mann baute sich vor ihm auf, als warte er auf eine Entschuldigung.

Robert sah an ihm vorbei und rülpste.

»Du perverses Schwein!«, schrie der Mann, riss ihn mit beiden Händen hoch und donnerte ihm wieder die Faust ins Gesicht.

9. TEIL

Es ist schon spät, es ist schon kalt,
Was reit'st du einsam durch den Wald?
Der Wald ist groß, du bist allein,
Du schöne Braut, ich führ' dich heim!

JOSEPH VON EICHENDORFF, *Waldesgespräch*

Ein stilles Frohlocken blitzte in den dunkel
bemalten Zügen des Waldbewohners auf.

JAMES FENIMORE COOPER, *Der letzte Mohikaner*

Als Robert aus seiner Ohnmacht erwachte, lag er in der Wiese vor der Bank, und eine junge Frau beugte sich über ihn.

»Ein Engel«, sagte er sofort, obwohl er sie nur undeutlich erkennen konnte, weil seine Augen zugeschwollen waren und ihm sehr schwindlig war.

Zum Teufel mit Hugo und all den anderen! Bedrohlich schwankten die Bäume im Hintergrund.

»Ich dachte schon, ich müsste meine Freunde holen«, sagte die junge Frau mit einer Stimme, die Robert erbeben ließ. Was für eine erfrischende wunderbare lebendige Stimme, dachte er und bemühte sich, etwas mehr zu sehen von dem Mädchen als verschwommene Konturen – vergebens.

»Was für Freunde?«, fragte er mit einem Gefühl in der Brust, das er als Eifersucht deutete.

»Ich kenne einen Wiederbelebungsexperten und einen Wunderheiler«, sagte die Stimme munter. »Ich dachte, du würdest uns verlassen.«

Um Roberts Kopf war ein dichter Schleier, in seinem Kopf ein dumpfes Pochen und in seinem Herzen entzündete sich ein Streichholz.

»Wie heißt du?«, fragte Robert.

»Angela.«

»Robert.«

Im Dorf raste ein betrunkener Mann mit seinem Auto in eine Gruppe von Schulkindern, die gerade die Schule verließen. Er kam von einem Frühschoppen. Zwei der angefahrenen Kinder starben noch am Unfallort, das Schicksal der anderen ist ungewiss, aber das gehört nicht hierher.

Robert richtete sich auf und sagte: »Pass auf, ich zeige dir ein kleines Spiel, das heißt Otto-und-Maria-Spiel, ich habe es vorher noch nie jemandem gezeigt, allein habe ich es schon oft gespielt.« Ganz leise fügte er hinzu: »Ein Spiel für Verliebte.«

Er schüttelte die Hände, lockerte die Finger. Er verkniff sich eine halblustige Bemerkung über ein »Muskel-Spiel« und sagte stattdessen umständlich: »Einleitend möchte ich sagen, dass bei dem Spiel unter anderem der Mund und die Zeige- und Mittelfinger eine wichtige Rolle spielen. Der Mund pfeift, die Finger krabbeln, drücken Ungeduld und Wiedersehensfreude aus, rutschen und springen. In der Zeit um Weihnachten verwende ich statt der Namen Otto und Maria gern die Namen Josef und Maria. Auch andere Namen habe ich schon verwendet, zum Beispiel Adam und Eva, Bobby und Julian, Chingachgook und Wlataha ...«

Wieder Lockerungsübungen.

Angela gähnte gelangweilt.

Robert legte los: »Er krabbelt ihr oder sie krabbelt ihm oder er krabbelt ihm oder sie krabbelt ihr mit zwei Fingern (zum Beispiel Otto)«, er hob Zeigefinger und Mittelfinger der rechten Hand in die Höhe, um sie quasi vorzustellen, bevor sie zu krabbeln begannen, »von der Brust über den Hals und das Gesicht auf den Kopf. Oben angelangt pfeift Otto«, Robert pfiff, »und schon krabbeln zwei Finger der zweiten Hand (zum Beispiel Maria)«, er hob Zeigefinger und Mittelfinger der linken Hand, bevor sie zu krabbeln begannen, »von der Brust über den Hals und das Gesicht auf den Kopf, wo Otto schon ungeduldig wartet.« Die Otto-Finger klopften ungeduldig auf den Kopf.

»Die Wiedersehensfreude ist groß!« Die Otto- und Maria-Finger führten einen Freudentanz auf.

»Hintereinander sausen Otto und Maria dann über die Stirn und die Nase (Sprungschanze)«, die beiden rutschten über die Stirn und die Nase, »irgendwohin...«

Angela applaudierte.

»Danke«, sagte Robert.

»Irgendwohin?«, fragte Angela.

»Weiß nicht ...«

»Der Schluss ist verbesserungswürdig«, meinte Angela.

ABBRUCH UND AUFBRUCH

»Jetzt weiß ich, warum ich das Gefühl habe, wir hatten bereits das Vergnügen«, sagte Angela. »Ich bekam gestern Morgen einen seltsamen Anruf von einem, der sich Robert nannte ...«

Robert stöhnte auf.

»Das ist vielleicht ein Zufall«, fuhr Angela fort, »glaube ich aber nicht.«

Robert krabbelte mit den zwei Fingern der rechten Hand bis zur rechten Schläfe und trampelte dort auf der Stelle. Dazu sagte er nichts weiter als: »Ähhhh ...«

Angela wurde ungeduldig. »So«, sagte sie, »ich muss dich jetzt verlassen. Ich bin schon viel zu spät dran. Die Sonne geht bald unter ...«

»Wir waren doch noch gar nicht zusammen«, sagte Robert leise und fragte laut: »Was machst du heute Abend?«

»Eintrittskarten verkaufen. Also mach's gut!« Sie ging los.

Das durfte doch nicht wahr sein, Robert war ganz aufgeregt und rief ihr hinterher: »Warte, komm noch einmal zurück. Bitte!«

Angela lachte. »Wir sehen uns bestimmt wieder.«

»Ich möchte dein Gesicht sehen, bitte!«

»Na gut.« Sie kam zurück und hielt ihr Gesicht dicht vor Robert. Er öffnete mit den Fingern seine verschwollenen Augen, dabei stöhnte er vor Schmerz. Als er Angelas Gesicht sah, blieb ihm die Luft weg. Nie zuvor hatte er ein Gesicht gesehen, das so erfrischend wunderbar lebendig war.

Angela gab ihm lachend einen Kuss auf die Stirn und eilte davon. Noch einmal drehte sie sich um und rief: »Ciao!«

Das Ciao konnte Robert gar nicht mehr hören, denn er war wieder in Ohnmacht gefallen.

WENN MAN DAS SO SAGEN KANN

Robert erwachte mit einem seltsamen Brennen in der Brust, das er sich nicht erklären konnte. Als ihm Angela einfiel, war er sofort hellwach, die Erinnerung an sie durchzuckte ihn wie ein Blitz, der krachend in seinem Gehirn einschlug und ihn wieder nahe einer Ohnmacht brachte, wenn man das so sagen kann. Ein Stein sprang vom Weg direkt auf sein Herz, ein Pfeil bohrte sich surrend in seine linke Brustwarze, ein weiteres Streichholz wurde entzündet, im Magen erhoben sich Scharen von Vögeln, deren Namen Robert nicht wusste, und flatterten wie wild mit ihren Flügeln, seine Nase rann plötzlich, als wollte sie die Haare über dem Mund wegschwemmen, die Zehen spreizten sich, als wollten sie die Schuhe sprengen, und sonst taten sich auch noch unbeschreibliche Dinge.

Robert rang nach Luft, seine Augen schmerzten ihn. Würde alles bloß zu einer Erinnerung werden oder gab es eine Zukunft?

Angela hatte gesagt: »Wir werden uns wiedersehen.«

Nein, sie hatte gesagt: »Wir sehen uns bald wieder.«

Auch nicht, sondern: »Wir sehen uns bestimmt wieder.«

Wie konnte sie so etwas sagen? Roberts Herz schlug so sehr, dass das Streichholz in seiner Brust erlosch. Stattdessen begann es unter einem Holzstoß in seiner Brust zu brennen, bald loderten und züngelten die Flammen in heller Freude empor, wenn man das so sagen kann. Der Rauch, der dabei entstand, kam ihm aus dem Mund. Er warf die Zigarette halb angeraucht zu Boden, sah in die eine, dann in die andere Richtung. Angela war am Waldrand entlang nach Süden gegangen. Robert, den feigen Hund, zog es zurück in den Wald.

Waldemar (1)

Gerade als Robert sich fragte, wann er Angela wohl wiedersehen würde, kam ihm eine Frau entgegen.

»Angela!«, rief er aus.

»Lena heiße ich«, sagte die Frau mit heiserer Stimme. Kurz darauf fluchte sie, weil sie über eine Baumwurzel gestolpert war, dabei hatte sie einen Schuh verloren. Sie ging in die Hocke, wobei sie sich bei Robert abstützte, schlüpfte zurück in den Schuh, rückte den Rock, der ihr knapp über die Knie reichte, zurecht und fragte: »Heißt du Waldemar?«

Robert starrte die Frau fassungslos an. Die Schwellungen an seinen Augen waren zurückgegangen. Das hatte wohl das Feuer bewirkt, das in ihm loderte. Die Flüssigkeit in den Schwellungen war verdampft. Es gab vielleicht eine andere Erklärung dafür, aber die steht hier nicht zur Debatte.

»Lenapewihittuck«, sagte Robert.

Die Frau hielt den Kopf schief, strich sich eine Haarsträhne aus dem Gesicht und lächelte auf eine Art, die Robert schwindlig machte. Dabei handelte es sich um einen andere Art von Schwindel als noch vor Kurzem. Lena sah aus wie eine Frau, die schon unzählige Männer verführt hatte. Ihr Bild schob sich vor das von Angela, er fuchtelte mit den Händen herum, um es zu verscheuchen, aber die Frau war keine lästige Stubenfliege, sondern eine reale Bedrohung.

Sie hatte langes, blondes Haar, einen kurzen Oberkörper mit drei großen Rundungen und ungewöhnlich lange Beine. Als habe man ihren oberen Teil zusammengepresst, wobei auch die drei Rundungen entstanden waren, und den unteren gedehnt. Die Beschreibung ihrer Lippen benötigt ein eigenes Kapitel.

VERWANDTSCHAFT

Ihr üppiger Mund war wie ein Weltwunder. Bei ihren Lippen musste Robert an zwei dicke Raupen denken, die sich paarten, und zwischen die sich manchmal ein urzeitliches Tier, die Zunge, schob. Das urzeitliche Tier wälzte sich vor und zurück, von links nach rechts und von rechts nach links, während die Raupen sich paarten, beziehungsweise versuchten sich zu paaren (falls sich Raupen überhaupt so paaren, indem sie sich wie die Menschen aufeinanderlegen). Drei feucht schimmernde Tiere wie aus der Menagerie des Wunderbaren, behäbige, schläfrige Tiere, verwandt mit dem Bus.

»Was schaust du denn so?«, fragte Lena, um gleich hinzuzufügen: »Wer hat denn dich so zugerichtet?«

»Der Wald, Mama, ein Kuhfladen, ein Vogel, und vor allem ein dicker Herr, der aussah wie einer, dem schon lange niemand mehr den Kopf gestreichelt hat ...«

Das Lächeln der Frau erstarb. »Hat er das Wort Schlappschwanz verwendet?«

»Ja, hat er, und noch viele andere: Wichser, Nasenbohrer, perverses Schwein ...« Robert bekam weiche Knie, er musste sich setzen. Zufällig waren zwei Baumstümpfe da – auf den einen setzte sich Robert, auf den anderen die Frau.

Lena biss die Zähne zusammen. »Merda, stronzo!«, presste sie hervor. »Aber bald geht's ihm an den Kragen, dem sauberen Herrn, und dann Arrivederci.«

Schon wieder Italienisch. Robert ließ den Kopf hängen, er konnte nur wenig Italienisch, hatte leider keine Sprachbegabung. Warum war Angela nicht mehr hier? Gab es sie überhaupt oder hatte er sich alles nur eingebildet?

Die Frau, die jetzt erklärte, dass sie eigentlich Ilona hieß, holte Zigaretten hervor und bot ihm eine an.

Robert lehnte ab, er fühlte sich zu schwach für Lungenzüge.

Er sah zum Himmel hinauf. Der Mond war zwischen den Ästen zu sehen, stand direkt über ihnen.

»Bevor du die Nackenstarre bekommst, kannst du dich auf meinen Schoß legen.« Die Stimme der Frau, dieser heisere Ton, der zwischen den Raupen herauskam, machte Robert beben.

»Du brauchst keine Angst vor mir zu haben«, sagte die Frau. »Komm schon, ich werde dich nicht beißen. Ich könnte deine Mutter sein ...«

Robert verscheuchte die bedrohlichen Gedanken, die aus dem Dunkel schlüpfen wollten, und schaute ungläubig.

»Ich bin älter, als ich aussehe.« Sie zog Robert zu sich, bettete seinen Kopf in ihren Schoß.

Robert sagte nichts, weil er Angst hatte, zu stottern.

»Na, wie sehe ich aus?«

»Sie haben etwas …«, begann Robert und verstummte wieder.

»Spuck's aus!«

»Nuttiges.«

Die Frau lachte auf. »Ja, das habe ich! Aber wenn du noch einmal Sie zu mir sagst, beiße ich dich. Wer seinen Kopf in meinem Schoß hat, muss mich einfach duzen.«

Robert schloss die Augen und konzentrierte sich auf seine Nase.

»Nicht einschlafen, junger Mann, sonst fällt der Mond vom Himmel und schlägt uns mausetot.« Die Frau tätschelte seine Wange.

»Bist du ein Bürokaufmann?«, fragte Robert.

»Drehst du jetzt ganz durch, junger Mann, muss ich mir Sorgen machen?«

»Nein, nein.«

»Übrigens, das Arschloch, das dich geschlagen hat, hat wahrscheinlich meinen Mann auf dem Gewissen. Meinen Uwe, er war ein Künstler, ein Bildhauer, Maler, Holzschnitzer … Vielleicht ergibt sich die Gelegenheit …«

»Leben deine Eltern noch?«

»Komische Frage. Mein Vater steckt ungespitzt in heimatlichem, österreichischem Boden, meine Mutter ist tot. Sie war Italienerin, aus Orvieto, wenn dir das was sagt. Der Dom von Orvieto ist weltberühmt, Uwe hat ihn geliebt und war oft dort. Meine Mutter, die mir den Namen Lola gab, war stadtbekannt, sie hatte Feuer im Blut, Hummeln im Arsch, und sie liebte Gedichte, zum Beispiel die von Joseph von Eichendorff. Eines davon passt gut hierher, die Schlusszeilen kann ich auswendig: ›Es ist schon spät, es wird schon kalt, / Kommst nimmermehr aus diesem Wald!‹«

»Glaub' ich nicht«, sagte Robert.

EIN UNMÖGLICHES KAPITEL

Robert saß auf einem hohen Baum.

»Du musst es zulassen«, sagte eine Stimme. »In Liebe fallen, wie sich der Engländer ausdrückt. Du musst dich fallen lassen, lass dich fallen …«

Robert ließ sich fallen und brach sich das Genick.

»So werde ich keine Kinder zeugen können«, sagte er, obwohl er schon tot war.

Manchen ist nichts zu blöd, in Träumen ist alles möglich, und wem es bestimmt ist, gehängt zu werden, der wird nicht ertrinken.

DER MOND

Über dem Gesicht von Lola leuchtete der Mond, oder anders gesagt: Über dem Gesicht von Lena leuchtete La Luna. Es sah aus, als balanciere sie den Mond auf ihrem Kopf, als rolle er auf ihrem Haar bald in die eine, bald in die andere Richtung. Lola bemerkte, dass Robert an ihr vorbei zum Himmel sah.

Sie warf einen Blick nach oben und sagte: »Bist du mondsüchtig?«

Robert schüttelte den Kopf.

Lola, deren Name bis jetzt Lena Ilona Lola lautete, strich ihm mit der Hand übers Haar. »Weißt du, warum die Wolken rund um den Mond gerötet sind, die Wolken in seiner unmittelbaren Nähe?«

»Nein.«

»Weil er eine sehr leise Stimme hat.«

»Aha«, sagte Robert, »ich verstehe.«

»Der Mond erzählt den Wolken vom Paradies, das heißt vom Himmel auf Erden, und das treibt ihnen die Schamröte ins Gesicht ...«

»Himmel auf Erden? Ins Gesicht?«

»Sei nicht so kleinlich. Jedenfalls ist der Mond ein unersättlicher Liebhaber, der die Wolken da oben in seinem Himmelbett scharenweise vernascht.«

»Alter Wolken-Ficker«, sagte Robert belustigt.

»Ja, das ist er, ein Wolken-Ficker.«

Robert konnte im Mond plötzlich die Züge von Angelas Gesicht erkennen und in seinem Kopf machte es bums. Was hatte sie gesagt, dass sie am Abend tun würde?

Robert schnellte hoch. »Ist heute irgendeine Veranstaltung im Dorf unten? Oder in einem Nachbardorf?«

Ilona war überrascht von seiner plötzlichen Energie. »Was ist denn los?«

»Das frage ich dich! Ist ein Konzert oder so was? Gibt es ein Kino in der Nähe? Irgendeine Veranstaltung, bei der Eintrittskarten verkauft werden?«

Ilona überlegte. »Konzert ist keines, aber eine Vortragsreihe findet statt. Zum Thema ›Selbstmord‹, glaube ich ...«

INGRID

Die Veranstaltung hatte längst begonnen, das Foyer war leer, bis auf eine Frau, die an der Kassa saß. Die Frau hatte nicht die geringste Ähnlichkeit mit Angela und war in eine Zeitschrift vertieft.

Robert klopfte ungeduldig auf den Tisch, an dem die Frau saß.

Sie warf Robert einen gelangweilten Blick zu und sagte: »Sie sind spät dran, der erste Vortrag ist schon vorbei…«

»Hat hier ein Mädchen Karten verkauft, das Angela heißt?«

»Nein, ich bin die Einzige, die hier Karten verkauft, und ich heiße Ingrid.«

»Scheiße!«, sagte Robert.

»Danke«, sagte Ingrid.

Lena Ilona Lola Lulu schob Robert zur Seite.

»Zwei Mal, bitte«, sagte sie zu Ingrid, und an Robert gewandt: »Wenn wir schon hier sind, können wir uns ja den zweiten Vortrag anhören. Vielleicht hält er uns vom Selbstmord ab, und vielleicht sitzt deine Angela ja im Publikum …«

»Quatsch und Unsinn!«, sagte Robert. In seinem Kopf kreisten irrationale Aasgeier, die sich nicht wohl in ihrer Haut fühlten. Hatte er sich Angela nur eingebildet? Er hatte das Gefühl, er drehte sich im Kreis.

Die beiden betraten den Saal, Ilona blätterte im Programm.

»Verkopfe dich nicht«, sagte Lena. »Hier steht, dass jetzt ein gewisser Soundso über seinen Lebensretter sprechen wird …«

»Lebensretter?«

»L-e-b-e-n-s-r-e-t-t-e-r«, sagte Lola mit einer ungewöhnlich hohen Stimme.

Robert sank in seinem Sitz zusammen.

Der Lebensretter (1)

Ein schmächtiger Mann um die 40 ging im Eilschritt auf die Bühne, verbeugte sich – höflicher Applaus – und stellte sich ans Rednerpult, wo er sofort zu reden begann.

»Sehr geehrte Damen und Herren, schon lange war es mir ein Bedürfnis, einmal in einem offiziellen Rahmen darüber zu sprechen, warum ich heute noch lebe, wem oder was ich das verdanke, äh … Ich bin es nicht gewohnt, vor Publikum zu sprechen, ich bitte Sie deshalb, mir die … mir mit Nachsicht zu … äh.«

Ein Ruck ging durch den Mann, er straffte sich förmlich und nach den anfänglichen Schwierigkeiten ging es jetzt recht flüssig dahin:

»Es war vor ungefähr zwei Jahren, dass ich mich entschlossen hatte, Selbstmord zu begehen. Um diesen Entschluss in die Tat umzusetzen, begab ich mich auf den Mönchsberg … Ich lebte damals in Salzburg. Ich nehme an, die meisten von Ihnen kennen die Stadt. Entschließt sich dort jemand zum Selbstmord – und das tun viele – springt er meistens vom Mönchsberg hinunter. Das wollte ich auch tun.

Es war eine laue Sommernacht, als ich den Mönchsberg bestieg. Oben angelangt stand ich lange vor dem Holzgeländer, das sich nur noch zwischen mir und dem Abgrund befand. Was damals, während ich dort stand, in mir vorging, weiß ich nicht mehr so genau, das heißt, ich will Sie nicht damit langweilen. Als ich endlich das rechte Bein hob, um über das Holzgeländer zu steigen und mich in die Tiefe zu stürzen, geschah etwas, dem ich wahrscheinlich mein Leben verdanke. Eine scheinbar lächerliche Kleinigkeit, die ich hier vor Ihnen kaum auszusprechen wage, die aber von ungeheuer großer Bedeutung war. Wie gesagt, ich verdanke ihr mein Leben. Ich bin mir dessen bewusst, dass viele nicht glauben können oder nicht glauben wollen, dass sich alles so abgespielt hat, wie ich es erzähle. ›Das gibt es nicht, es muss etwas anderes gewesen sein, das Sie abgehalten hat, wahrscheinlich wollten Sie sich gar nicht umbringen …‹ Ich kann nur immer wieder betonen – und ich bin froh, dass ich das heute hier vor Ihnen tun kann –, dass ich fest dazu entschlossen war, meinem Leben ein Ende zu setzen, und dass es mir fern liegt, jemanden zu belügen und – verzeihen Sie den Ausdruck – zu ›verarschen‹, wie mir das schon dezidiert vorgeworfen wurde. Außerdem ist mir sehr wohl bewusst, dass ich nicht annähernd über ausreichende sprachliche Mittel verfüge, um mein damaliges Erlebnis in befriedigender, adäquater Weise zu schildern. Ich will aber noch einmal mit aller Bestimmtheit feststellen, es liegt mir fern, jemanden zu belügen, vor den Kopf zu stoßen oder gar zu beleidigen. Alles hat sich so zugetragen, wie ich es jetzt mit meinen bescheidenen Mitteln darzustellen versuche …«

Ilona beugte sich zu Robert hinüber und flüsterte ihm ins Ohr: »Ich weiß, der Vortragende hat in seiner Jugend Gedichte geschrieben, die ziemlich jenseits waren. In einem dieser Gedichte stehen zum Beispiel die Zeilen: ›Dass schöne Frauen koten und urinieren / ist eine Hypothese der Hässlichen‹ oder so ähnlich. Kommt dir das irgendwie bekannt vor?«

Robert konzentrierte sich auf den Vortrag.

»Bevor ich mein Bein hob, um über das Holzgeländer zu gelangen, war ich eigentlich schon tot. Ich sah mir gewissermaßen zu, wie ich da stand, wie ich mich schließlich auf das Geländer stützte und Anstalten machte, es zu überwinden. Ich war eigentlich schon *heraußen aus meinem Körper*, wenn ich mich so ausdrücken darf, ohne jetzt näher auf meine Beziehung zu Platon, Descartes, Nietzsche und anderen eingehen zu wollen … Vielleicht sollte ich aber doch hinzufügen, dass ich damals, als ich fest dazu entschlossen war, Selbstmord zu begehen, einer dualistischen Weltsicht angehängt habe, einer feindlich-antagonistischen Dualismus-Philosophie sozusagen, wobei ich heute einem monistischen Erklärungsmodell der Welt den Vorzug gebe … Verzeihen Sie, meine Damen und Herren, ich hätte diese Rede vielleicht doch besser schriftlich aufgesetzt …«

»Phhh«, sagte Ilona, »was für ein Wichtigtuer.«

Sie gähnte.

»Von meinen abschweifenden Assoziationen aber zurück auf den Mönchsberg, wo ich mich sozusagen außerhalb meines Körpers befand, was mir aus heutiger Sicht auch mit einer monistischen Theorie erklärbar scheint, äh … Fest steht jedenfalls, dass es nur noch eine Frage von Sekunden gewesen wäre, bis ich endgültig und unwiderruflich Abschied genommen hätte von diesem Leben …«

Der Mann verstummte und blickte ins Leere.

ÄH

Das Publikum wurde unruhig, und als jemand rief: »Aufwachen, wir sind auch noch da!«, kehrte Leben in den Vortragenden zurück.

Er machte eine beschwichtigende Geste mit den Händen und sagte: »Äh.«

DAS WUNDER

Der Vortragende wiederholte noch einmal, was er schon gesagt hatte: Vor dem Holzgeländer stehen, Selbstmord begehen wollen, zu dem Zweck über das Holzgeländer steigen …

»Doch dann«, sagte er mit einer Stimme, die quasi eine Gänsehaut hatte, »geschah das Wunder – ich kann es nicht anders bezeichnen. Als ich das Bein hob, um das Holzgeländer zu übersteigen, stieg ein intensives Wärmegefühl in mir hoch – ich weiß nicht, wie ich das sonst nennen sollte. Ich stellte mit Verwunderung fest, dass zwischen meinem Körper und dem Holzbalken eine besondere Beziehung entstanden war, eine intensive … Ich hatte die Vorstellung – so lächerlich das klingen mag –, dass sich mein ganzer Körper in das Holz verliebt hatte. Dieser starke harte Balken und mein schwacher zarter Körper, hm …«

Robert nickte wissend.

»Sehr verehrte Damen und Herren, das ist eigentlich alles, was ich Ihnen erzählen wollte. Vielleicht sollte ich noch hinzufügen, dass ich seit diesem Erlebnis nie wieder Selbstmord begehen wollte und dass ich mich seither zu meiner Homosexualität bekenne und diese auch auslebe. Ich danke Ihnen für Ihre Aufmerksamkeit und Güte, guten Abend und auf Wiedersehen.«

Robert und Ilona waren die ersten, die applaudierten. Robert ließ sich sogar zu einem lauten »Bravo!« hinreißen.

Das Haus am See

Robert und Ilona verließen im Eilschritt den Gemeindesaal ohne nach links oder rechts zu schauen.

»Komm, ich zeige dir jetzt mein Haus am See«, sagte Ilona.

»Pfft«, sagte Robert.

10. TEIL

Besser mit einem nüchternen Kannibalen schlafen als mit einem betrunkenen Christen.

HERMAN MELVILLE, *Moby Dick*

Das Haus lag direkt am See und war zum Großteil aus Holz gebaut. Auf den Böden lagen dicke Teppiche, und es roch nach Blumen, die überall herumstanden in Vasen, Töpfen und Kisten. An den Wänden hingen Holzschnitte, hauptsächlich Bilder, die Schiffe darstellten, aber auch Enten.

Ilona schickte Robert ins Bad. Während er sich wusch, würde sie etwas kochen.

Er ließ heißes Wasser in die Badewanne, zündete die Kerzen an, die sich an ihrem Rand befanden. Es war ein großes Badezimmer mit großen Spiegeln, und es duftete betörend nach Frau.

Robert zog seine Kleidung aus, ließ sich langsam ins Wasser gleiten. In Griffweite stand ein Radio, aus dem italienische Musik erklang. Es war ein langsames, melancholisches Lied, und Robert bewegte seine Beine zum Rhythmus auf und ab. Die Haare auf der Innenseite seiner stark behaarten Schenkel bewegten sich rhythmisch zur Musik, wogten auf und ab, schwebten eher, als dass sie tanzten. Träge und voller Hingabe überließen sie sich der Musik. Robert dachte an ein Kornfeld im Wind, an eine Armee kriegsmüder Soldaten, die alle durch die Musik in einen Trancezustand gefallen waren ...

Der Dampf, der vom heißen Wasser aufstieg, war wie ein Nebel, seine Knie waren zwei Inseln, nein, es waren die Rücken zweier Wale, in einem von ihnen befand sich Jonas, der ein Schiff in große Seenot gebracht hatte ... Die Kerzen flackerten, da tauchte aus dem Wasser der Penis auf, der Kopf eines seltsamen Tieres, sein Mund öffnet sich ...

Ilona streckte den Kopf zur Tür herein. »Mach vorwärts, das Essen ist gleich fertig.«

Robert wusste nicht, ob er geschlafen hatte. Er begann sich schnell zu waschen, brachte dabei die Haare auf seinen Beinen aus dem Rhythmus. Sie tanzten jetzt hektisch zu einer Musik, die nur sie hören konnten.

Die Seife nannte Robert Elke, das Handtuch Isabella. Er stieg aus der Badewanne und putzte sich die Zähne mit einer von Ilonas Zahnbürsten, die er Susi nannte. Er schlüpfte in den Bademantel, den er Fritz nannte, verabschiedete sich von Elke, Isabella und Susi und ging in die Küche, wo das Essen bereits dampfend auf dem Tisch stand.

»Mhhh«, sagte Robert, als er sah, was Ilona für ihn zubereitet hatte. Brathühnchen mit Pommes frites, gemischten Salat, einen Fruchtsalat und dazu Bier.

Ilona lachte.

»Dein Lachen«, sagte Robert, »erinnert mich an Schanghai, wo ich noch nie war.«

SÜSSWASSERHAIE

Nach dem Essen gab es Schnaps und Kaffee. Robert blieb anschließend beim Bier, Ilona holte für sich eine Flasche Rotwein.

»Erzählst du mir von deinem Mann?«, fragte Robert, nachdem sich Ilona ein Glas Wein eingeschenkt hatte.

Ilona stützte den Kopf in die Hände. »Ich habe Uwe in Hamburg kennengelernt, dort hätte er bleiben sollen, aber na ja.« Sie nahm einen großen Schluck Wein und zündete sich eine Zigarette an, bevor sie fortfuhr. »Er wurde vor ungefähr drei Jahren ermordet. Wie gesagt, er war hier nicht sehr beliebt. Viele sahen in ihm eine Art Bedrohung, hielten ihn für einen Nichtsnutz, der nichts anderes im Sinn hatte, als sich über sie lustig zu machen, alles in den Schmutz zu ziehen … Sie warfen ihm auch vor, pornografische Bilder zu malen – lachhaft, einfach lachhaft!«

»Warum seid ihr nicht weggegangen?«

»Uwe gefiel es hier. Die Ruhe, die Wiesen, die Wälder, der See … Wir haben die Gefahr auch unterschätzt, und wenn du mich fragst, warum ich noch hier bin, kann ich dir auch nur antworten: Ruhe, Wiesen, Wälder, See … Eines Morgens, als Uwe allein im See schwamm – das tat er so gut wie jeden Morgen, dass er in den See hinaus schwamm –, passierte es dann. Über seinem Kopf kreiste plötzlich ein Helikopter, aus dem drei riesige Exemplare der äußerst aggressiven und blutrünstigen Süßwasserhaie, sogenannte Bullenhaie, neben ihm ins Wasser klatschten. Die Haie waren völlig ausgehungert, sodass sie sich augenblicklich auf Uwe stürzten, ihn in Stücke rissen und auffraßen. Ich war wie paralysiert und konnte nicht glauben, was ich sah. Die Haie wurden wieder eingefangen und weggeflogen, weiß der Teufel wohin, von meinem lieben Uwe ist nichts übrig geblieben, außer seinen Werken … Schiffe und Enten hat er gern gemalt und geschnitzt, wie du siehst, auch Herzen und Totenköpfe, aber niemals Haie, und schon gar keine Süßwasserhaie. Wenn du mich fragst, ob ich bei der Polizei Anzeige gegen Unbekannt erstattet habe, antworte ich dir: Nichts bringt mir Uwe zurück. Außerdem steckt die Polizei wahrscheinlich mit den Mördern von Uwe unter einer Decke, ganz abgesehen davon, dass mir niemand so eine Geschichte glauben würde.«

»Ich glaube sie«, sagte Robert.

Ilona begann zu weinen. Schluchzend schenkte sie sich Wein nach, leerte das Glas in einem Zug.

»Nach Uwes Tod habe ich ein Jahr lang nichts getrunken«, sagte sie, zog die Nase hinauf und schenkte sich wieder das Glas voll. »Erst als das Trauerjahr vorüber war, griff ich wieder zur Flasche.«

Um sie zu trösten, plapperte Robert wild drauflos: »Ich wüsste eine Strafe für die Mörder deines Mannes. Wir finden heraus, wer sie sind, überwältigen sie und sperren sie in einen Keller oder ein Verlies und füttern sie nur mit Süßigkeiten, zum Beispiel mit Zuckerwatte, türkischem Honig und so weiter, und sie dürfen sich nie die Zähne putzen, bis sie ihnen bei lebendigem Leib im Mund verfaulen ... Oder wir füttern sie nur mit Fleisch, dann verwesen sie bei lebendigem Leib, habe ich irgendwo gelesen ... Oder soll ich sie einfach abknallen?«

Robert machte ein entschlossenes Gesicht.

DOLCE VITA

Robert spürte mit Erleichterung, wie Bier, Schnaps, Kaffee ihre Wirkung taten.

Er stieß einen Fluch aus auf denjenigen, der die Flasche vom Fensterbrett entfernt hatte.

»Trink nicht so schnell, sonst schläfst du mir nachher ein«, sagte Ilona, während sie ihm zärtlich über die gespreizten Finger strich. Er überlegte, ob er ihr das Otto-und-Maria-Spiel zeigen sollte, ließ es aber bleiben.

Kurze Zeit später nahm ihn Ilona bei der Hand und führte ihn ins Schlafzimmer, wo ein großes Doppelbett stand. Über dem Kopfende hing ein Bild an der Wand, das von einer Lichterkette umrahmt war. Auf dem Bild war ein großes, rotes Herz abgebildet und auch die Glühbirnen hatten die Form von Herzen. Ilona schaltete die Lichterkette ein. In unregelmäßigen Abständen leuchteten die Herzen auf, die Lichterkette funktionierte nicht einwandfrei, manche Herzen leuchteten überhaupt nie. Aber die Herzen, die leuchteten, warfen ein flackerndes Licht auf das große, rote Herz und auf das große, schwarze Bett.

»Die Lichterkette ist aus Orvieto«, sagte Ilona, »und das Bild – ein bisschen kitschig, aber ich mag es.«

»Mir ist es zu pornografisch«, sagte Robert. Sein Blick fiel auf ein zweites Bild, auf dem ein Totenkopf zu sehen war.

»Das hat er kurz vor seinem Tod gemalt, als habe er ihn vorausgeahnt. Dass sein Kopf von Haifischzähnen zermalmt werden würde, hat er nicht vorausgesehen. Sonst hätte er wahrscheinlich Haie statt Enten gemalt.«

Robert zeigte auf den Totenkopf und sagte: »Diese obszönen Löcher gefallen mir nicht, auch nicht der laszive und zugleich impertinente Ausdruck um den Mund, auch so ein Loch …«

Ilona gab ihm lachend einen Stoß, sodass er aufs Bett fiel.

Ilona setzte sich an den Bettrand. »Ich denke oft an den Tod«, sagte sie ernst, »und ich freue mich richtig darauf.«

»Ich denke auch oft an den Tod, freue mich aber überhaupt nicht darauf, weil ich noch gar nicht gelebt habe …«

Ilona lächelte ihm wehmütig zu.

»Ich freue mich darauf«, sagte sie wieder heiter, »weil ich mich an vieles nicht mehr erinnern kann …«

»Ich an jede Einzelheit!«, platzte Robert hervor.

»Ich kenne dich eigentlich gar nicht«, sagte Ilona, als sie völlig nackt und abgeschminkt unter die Bettdecke schlüpfte. »Zwei Beulen und zwei blaue Augen sind nicht genug, um mich zu deiner Verführung zu verführen, zu der du mich schon fast verführt hast.« Sie lachte und gab ihm vier Küsse ins Gesicht.

Robert schämte sich plötzlich seines Aussehens. Er kam sich lächerlich vor. Und aus dem Gefühl, lächerlich zu sein, stieg Wut in ihm auf, von der Angst ganz zu schweigen.

Ilona bemerkte die Veränderung, die in ihm vorgegangen war. Mit besänftigender Stimme, einem heiseren, kratzigen Tonfall, den sie jederzeit abrufen konnte, sagte sie: »Bevor ich mich näher mit dir einlasse, möchte ich gern mehr von dir wissen. Von mir habe ich dir schon eine ganze Menge erzählt – über meine Mutter, meinen Mann … Jetzt will ich etwas über dich hören, über deine Eltern, ob du Geschwister hast …«

»Ich werde dir von meinen Großeltern erzählen!«, unterbrach Robert ihren Redeschwall. Und dann erzählte er von Maria und Otto, wobei er auf einmal das unangenehme Gefühl hatte, nicht die Wahrheit zu sagen. Und gleichsam um dieses Unbehagen zu verscheuchen, kam er auf die Idee, bewusst die Unwahrheit zu sagen, zumindest maßlos zu übertreiben. Er wunderte sich selbst über seine Fantasie, die Sätze sprudelten nur so aus ihm heraus. Als ihm nichts mehr einfiel und er Ilona prüfend ansah – er wollte aus ihren Gesichtszügen herauslesen, ob sie ihm glaubte, sagte sie ruhig: »Schade, dass du deinen Großvater nie kennengelernt hast.«

Ilona bestand darauf, dass Robert ihr eine Geschichte erzählte, so wie damals sein Großvater der Großmutter jeden Abend eine erzählt hatte. Nach kurzem Hin und Her, und weil Roberts Mundwerk und seine Fantasie sich noch weiter betätigen wollten, nicht zuletzt deshalb, um das Unvermeidliche hinauszuschieben, gab er schließlich nach.

»Es war einmal«, begann er, »ein total vertrottelter, widerlicher, humorloser Fettsack, der lebte mit seiner total verblödeten, ekelhaften, unlustigen Drecksau in einer trostlosen, herausgeputzten, stinklangweiligen Kleinstadt, die nur von vertrottelten, verblödeten, widerlichen, ekelhaften, humorlosen, unlustigen Deppen, Vollidioten, Arschlöchern, Hosenscheißern, Fettsäcken und Drecksäuen bevölkert war, die alle die gleiche stumpfsinnige, blutrünstige, sensationsgeile, menschenverachtende Scheißzeitung lasen, in der übrigens ein total behämmerter, mörderischer, sexualfeindlicher, bierernster, pathetischer Süßwasserhai-Züchter eine total menschenfeindliche, lächerliche, witzlose Kolumne schrieb.

Die Kleinstadt, die nicht nur trostlos, herausgeputzt und stinklangweilig war, sondern auch noch verschandelt, aufgedonnert und stinkfad, zudem verlogen, touristengeil und stinkreich, lag in einem geistverlassenen, verschmutzten, verdammten Tal, in dem das Wetter meistens total beschissen war. Kein halbwegs intelligenter, liebevoller, zärtlicher Mensch hätte es dort ausgehalten, aber der besagte Fettsack war eben nicht die Spur intelligent, liebevoll und zärtlich, sondern eben total vertrottelt, widerlich und humorlos. Er war so saublöd im Schädel, dass er nicht einmal merkte, mit was für einer total verblödeten, ekelhaften, unlustigen Drecksau er zusammenlebte, geschweige denn was für eine stumpfsinnige, verlogene, menschenverachtende, sensationsgeile, ausländerfeindliche Scheißzeitung er täglich durchblätterte.

Eines beschissenen Tages saß der Fettsack in der Küche seines geschmacklosen, sündteuren, abgrundtief hässlichen Eigenheims und blätterte in seinem Scheißblatt, während seine Drecksau am Herd stand und einen grausigen, ungesunden, überwürzten Fraß zusammenschusterte, worüber ich lieber kein weiteres Wort verlieren möchte.

Plötzlich ging die Tür auf und herein kam ein schöner, intelligenter, lustiger, ausländischer Intellektueller und schlug beiden mit einem großen, starken, schönen Hammer den Schädel ein. – Das war die Geschichte vom Intellektuellen mit dem Hammer.«

»Bös, bös, bös«, sagte Ilona und schlug Robert ein paar Mal leicht mit der geballten Faust auf den Kopf. »Aber jetzt«, sagte sie in einem ganz anderen Tonfall, »werde ich dir beweisen, dass ich eine intelligente, raffinierte, liebevolle, erfahrene, zärtliche, gewitzte und fremdenfreundliche Frau bin.«

DAS SCHADE

»Hast du schon?«
»Ja.«
»Schade.«

DER TOD DES ROTEN TIERES

Robert lag wach neben Ilona, die leise schnarchte. Wieder eine Niederlage, dachte er. Zuerst beim Stierkampf-Spiel, dann beim Wett-Grinsen und nun im Bett.

Er starrte auf den Totenkopf, der an der Wand leuchtete, durch das Fenster beschienen vom Mond. Die Konturen verschwammen vor seinen Augen. Im Rahmen des Bildes traten abwechselnd die Gesichter von Angela, Anna und Ilona hervor, überlagerten den Knochenschädel, drängten ihn in den Hintergrund, überzogen ihn mit Fleisch, Haut und Haar.

Robert schloss die Augen. Er sah die Bushaltestelle, an der jetzt Angela, Anna und Ilona standen. Das rote Tier hielt, drehte seinen Kopf zur Seite und verschlang die drei. Als es sich weiterbewegte, schüttelte es sich vor Krämpfen, blieb abrupt stehen, drehte den Kopf wieder zur Seite und spuckte die drei auf die Straße. Anschließend raste es in einem Höllentempo los und stürzte sich in die Schlucht, die plötzlich da war, auf deren Grund es krachend aufschlug. Es zuckte noch ein paar Mal, während sich aus seinem Maul ein Sturzbach von Blut ergoss. Es war ausschließlich sein eigenes Blut, denn es hatte keine Menschen mit in den Tod gerissen. Guter Bus, braver Bus.

Robert öffnete die Augen. Ilona hatte sich von ihm weg auf die andere Seite gedreht. Er betrachtete ihr dichtes, zerwühltes Haar, ihren Rücken.

Als es draußen hell zu werden begann, verließ Robert das Bett. Er zog sich leise an, ging um das Bett herum, gab Ilona einen Kuss auf den Kopf und sagte: »Leb wohl.«

Sie schlang im Schlaf die Arme um ihn und wiederholte ein paar Mal mit leiser, rauchiger Stimme ein Wort, das Robert nicht richtig verstand: Uwe, Oweh oder Olé?

ROBERT MACHT SCHLUSS

Als Robert Ilonas Haustür geschlossen hatte, hörte er das Krähen eines Hahns. Er konnte sich nicht daran erinnern, so etwas jemals gehört zu haben. Fasziniert lauschte er dem Kikeriki.

Er fühlte sich beobachtet, aber das war er inzwischen gewohnt.

Irgendwo wurde ein Auto gestartet, das Krähen verstummte.

Robert eilte durchs Dorf. Da und dort brannte bereits Licht, einmal stieg ihm der Geruch von Kaffee in die Nase, er dachte an Maria, er dachte an Angela, und als er zu einer Telefonzelle kam, betrat er sie spontan. Er warf Münzen ein und wählte eine siebenstellige Nummer. Als sich die mürrische Stimme eines Mannes meldete, unterbrach Robert die Verbindung und wählte eine andere Nummer. Diesmal dauerte es länger, bis sich jemand meldete. Wieder war ein Mann am Apparat, der sofort in den Hörer brüllte: »Wissen Sie, wie spät es ist!«

Robert legte auf, wählte noch einmal.

Nach kurzer Zeit war eine Frau dran, die mit leiser Stimme, als sei sie gerade erst erwacht, in den Hörer hauchte: »Ja, bitte?«

Nachdem sich Robert vergewissert hatte, dass die Frau nicht Angela hieß, sagte er: »Ich wollte Ihnen nur sagen, dass ich Sie nicht liebe.«

Beschwingt verließ Robert die Telefonzelle, die es bald nicht mehr geben würde, und kehrte zurück in den Wald. Irgendwie vertraute er darauf, Angela bald wieder über den Weg zu laufen. Das heißt, beim ersten Mal war er ihr im Weg gelegen …

Ohne Zwischenfälle erreichte Robert das Blockhaus, in dem Hugo und all die anderen wohnten, und schlich sich in sein Zimmer, wo er sich sofort ins Bett legte.

Anna schlief ruhig und fest.

»Guten Morgen«, sagte Robert, drehte sich zur Wand und vergrub sein Gesicht im Kissen.

II. TEIL

Es herrschte so etwas wunderbar Vages in den Erwartungen, die einen jeden von uns zur See trieben, eine so glorreiche Unbestimmtheit, ein so herrlicher Hunger nach Abenteuern, die ihr eigener und einziger Lohn bleiben!

JOSEPH CONRAD, *Lord Jim*

Ich hebe den Hörer ab, wähle eine sechsstellige Nummer, jetzt, als sich eine helle Mädchenstimme meldet, singe ich in den Hörer hinein. Ich höre ein Knacken. »I shall wait for you, my beloved«, flüstere ich, dann hänge ich ein. Ich stehe auf. Im Vorbeigehen nehme ich die Rotweinflasche von der Kommode und gieße mir ein Glas ein.

URS WIDMER, *Die Forschungsreise*

Robert kämpfte sich mit einem Buschmesser, das er auf dem Weg gefunden hatte, durch dichtes Gestrüpp. Auf der scharf geschliffenen Klinge des Messers blitzten immer wieder Sonnenstrahlen, die sich eine Bahn gebrochen hatten. Die Sonne hatte es nicht leicht, das Unterholz zu durchdringen, aber sie ließ nicht locker. Es schien geradezu, als habe sie einen Narren gefressen an dem Buschmesser.

Robert genoss es, sich den Weg freizuschlagen, er säbelte alles nieder, was sich ihm in den Weg stellte. Manchmal kam es ihm so vor, als genüge schon die Androhung eines Hiebes, dass ihm Platz gemacht wurde. Die Pflanzen wichen ängstlich zur Seite, trotzdem hackte Robert auf sie ein.

Plötzlich hörte er über sich Stimmen – ärgerliche, erboste Stimmen, die schimpften und wetterten.

Hoch oben in den Baumkronen saßen zwei nackte Männer, die dunkle Sonnenbrillen trugen.

»Der Schlappschwanz, so eine Freude!«, rief einer der beiden, und Robert erkannte den Mann, der einen flehenden, bittenden Gesichtsausdruck hatte. Robert stellte mit Befremden fest, dass auch der zweite Mann um seine Gunst buhlte.

Er wusste plötzlich, was zu tun war.

»Du!«, sagte er und zeigte mit dem ausgestreckten Finger auf den Mann, der ihn niedergeschlagen hatte, worauf er sich mit einem Freudenschrei in die Tiefe stürzte.

Seinen Sturz sah Robert wie in Zeitlupe. Der Mann fiel endlos lang, sein Fall wurde immer wieder von Ästen gebremst, die auch seine Fallrichtung veränderten, ein dünner Ast steckte ihm plötzlich in der rechten Augenhöhle, das Auge quoll heraus, anschließend landete er mit gespreizten Beinen auf einem starken Ast, wobei sein Sack platzte, in alle Richtungen auseinanderspritzte, das Glied ein taubes Würmchen, das sich vom Acker machen wollte, aber nicht konnte. Zum Schluss landete der Mann kopfüber auf dem harten Waldboden. Robert hörte ein Knacken und wusste, das war sein Genick.

Über Nacht gealtert

»Guten Morgen, du Schlafmütze!«

Robert öffnete mühsam die Augen, er hatte sich doch eben erst hingelegt.

Anna rüttelte ihn an der Schulter. »Es ist bald Mittag! Jetzt steht es 1:1 in unserem Spiel.«

»Was passiert, wenn ich das Spiel ernst nehme?«, fragte Robert und gähnte.

Anna presste ihm die Hand auf den Mund. »Dann«, sagte sie mit gespielt düsterer Stimme, »verbrennst du zu Asche und wirst vom Wind verblasen.«

Robert setzte sich auf. Sein Kopf brummte, ihm war schwindlig. Seine Beine taten ihm weh und in seiner Brust glühte und gloste es.

»Hast du gut geschlafen?«, fragte Anna.

Robert stöhnte und stützte seinen Kopf auf die Hände. »Hast du gut geschlafen?«, äffte er sie müde nach.

»Blöder Hund! Ich hab nicht so gut geschlafen. Ich hab von meiner Mama geträumt. Das war schön. Aber dann ist mein Papa dazugekommen und hat sie geschlagen, und dann hat er mich geschlagen und gesagt, wenn ich mir noch einmal ins Ohr spucke, schlägt er mich tot.«

»Hast du deine Eltern gern gehabt?«

»Ja, aber sie haben oft gestritten. Und sie wollten nicht, dass ich mich mit Paul treffe. Paul ist mein Freund. Er ist schon uralt, vierzehn Jahre.«

»Du fünf und er vierzehn – das ist ein großer Altersunterschied.«

Anna sagte mit gedämpfter Stimme: »Ich bin ja schon dreizehn, wenn nicht älter. Ich bin über Nacht ur gealtert.«

»Gestern hast du gesagt …«

»Frauen machen sich doch gern jünger, als sie sind.«

Robert lächelte müde und gähnte wieder.

»Jetzt gähnst du schon zum zweiten Mal in so kurzer Zeit! Langweile ich dich?«, rief Anna entrüstet. »Und die Hand hältst du dir auch nicht vor den Mund, du bist ein ungezogener Robert, und ein fauler! Die anderen sind alle schon auf.«

Robert hielt sich die Ohren zu.

Anna tanzte im Zimmer herum. »Die Sonne scheint, und sie wollen einen Ausflug machen, haben sie gesagt. Ich geh aber nicht mit …«

»Warum nicht?«, fragte Robert.

»Die sind mir alle zu blöd, die spinnen doch, ich geh lieber zu Paul, der ist ganz anders.«

Robert schnappte Anna bei der Hand, zog sie zu sich und setzte sie auf seine Knie. Sie legte sofort ihre Arme um ihn.

»Willst du mit mir schlafen?«, fragte sie und sah ihn dabei an, dass ihm die Luft wegblieb und er an ihrem Alter zweifelte.

»Wie bitte?«

Anna fuhr sich mit der Zunge über die Oberlippe. »Du hast so schöne Augen, aber sie schauen immer so traurig …«

»Was hast du vorhin gesagt?«

Anna drückte ihren Kopf gegen seine Wange und flüsterte ihm zu: »Ob du mit mir schlafen willst?«

Robert räusperte sich und hustete ein paar Mal.

»Du bist mir zu jung«, sagte er schließlich.

Anna sprang von seinen Knien, gab ihm einen Stoß, dass er rücklings aufs Bett fiel.

»Aua!«, rief er aus.

»Und du bist mir zu wehleidig, zu alt und zu zittrig!«, rief sie, machte einen Knicks und sauste aus dem Zimmer.

ZUM VERRÜCKTWERDEN

In der Küche stand Mama bei der Abwasch und wusch singend Geschirr: »Junge, komm bald wieder, bald wieder nach Haus ...«

Anna saß mit verschränkten Armen am Tisch. Als Robert in der Küchentür erschien, rief sie: »Achtung, der Zitterheini kommt!«

»Hoho«, Mama gab Robert mit der nassen Hand einen kräftigen Schlag auf die Schulter. »Du haben Hunger?«

Robert bejahte.

»Du wollen Eier oder Kartoffeln?«

»Eier, bitte.«

Anna rief: »Und Kaffee will er sicher auch, damit er noch besser zittern kann!«

»Hoho«, sagte Mama lachend, dann begann er wieder zu singen: »Wahre Freundschaft ka-ann nicht wa-anken ...«

Robert setzte sich zu Anna an den Tisch, um gleich wieder aufzuspringen. Anna hatte ihm unter dem Tisch einen Fuß zwischen die Beine gestreckt.

Anna lachte. »Robert hat kein Sitzfleisch! Robert hat kein Sitzfleisch!«

»Wenn ich was habe, dann das«, sagte Robert und setzte sich wieder, weil Mama ihm eine Tasse Kaffee hinstellte.

»Kaffee gut«, sagte Mama, »gut für schwarze Gedanken, hoho. Milch nix da, Kaffee schwarz am besten.«

»Wo sind die anderen?«, fragte Robert.

Mama deutete mit dem Daumen erst zum Fenster hinaus, dann zur Küchendecke hinauf. »Die Paulis draußen, Hugo oben.«

»Was macht er dort?«

»Ich nicht wissen. Die Paulis machen Blödsinn, das ich wissen. Sind heute ganz verrückt.«

Robert nahm einen Schluck Kaffee, der so stark war, dass er in die Höhe schnellte.

Anna machte wieder Spielchen mit ihrer Zunge.

Robert sah weg.

ENDLICH!

»Was ist das eigentlich für eine Kabine oben auf dem Dach?« fragte Robert.

Diese Kabine hätte schon längst zur Sprache kommen müssen, denn sie war auffallend, regelrecht ins Auge springend. Es handelte sich um einen Aufbau, dessen oberer Teil ab der Hälfte aus Glas bestand. Manchmal war dort ein Kopf zu sehen.

»Das sein Klo«, sagte Mama. »Nicht alle wollen kacken in Wald. Hat Arthur gemacht. Arthur sagen, Aussicht am besten auf Dach. Ausguck. Arthur kluges Kopf. Seine Idee gewesen. Schade, dass Arthur nicht hier sein. Aber du bald kennenlernen Arthur …«

Robert wollte es ausnützen, dass Mama so gesprächig war. »Und weißt du, warum Hugo den Anblick essender Frauen nicht ertragen kann?«

Mama schnaubte: »Du Hugo fragen!«

Robert sah, dass sich Anna mit einem Finger an die Schläfe tippte.

»Und wer ist dieser Arthur?«

»Arthur immer gesagt: ›Lebe wild und gefährlich‹. Arthur früher hier gewohnt, jetzt nicht mehr. Eier weich oder hart?«

»Weich, bitte. Und was ist das für ein sonderbarer Friedhof auf der Wiese?«

Mama ließ einen Teller in die Abwasch krachen, dass es spritzte. »Du viel fragen, ich das nicht wollen! Du Hugo fragen! Du gerade aufgestanden und schon fragen, fragen, fragen! Zum Verrücktwerden.«

Anna sagte: »Frag du ihn doch was, Mama. Zum Beispiel, warum er so schöne blaue Augen hat.«

»Du auch still sein! Immer reden, reden, reden! Zum Verrücktwerden!«

Robert steckte seine Nase in die Kaffeetasse und schlürfte den starken Kaffee, Anna zog die Augenbrauen zusammen. Dann sagte sie etwas, das weder Robert noch Mama verstanden: »Das vorige Kapitel hätte anders heißen müssen, sein Titel würde besser zum jetzigen passen ...«

Robert und Mama starrten sie mit großen Augen an. Mama brüllte: »JETZT REICHT'S! ICH RUHE HABEN WOLLEN! IN RUHE GESCHIRR WASCHEN WOLLEN ...«

Anna sprang auf. »Du bist genau so blöd wie meine Mama, bäh!«, rief sie, schlug ihm mit der flachen Hand auf den riesigen Hintern und rannte aus der Küche.

»ZUM VERRÜCKTWERDEN!«, brüllte Mama.

Robert trat vor das Haus. Es war wieder ein heißer Tag. Die Sonne brannte ihm von außen auf die Haut, Angela von innen. Er musste sie wiedersehen. Wie sollte er das anstellen? Vielleicht konnte ihm Hugo dabei helfen? Und wenn es sie gar nicht gab? Wenn er sich alles nur eingebildet hatte?

Robert zog die Schuhe aus, ging barfuß durchs Gras.

Aus dem Wald waren manchmal die Stimmen von Porno-Paul und St. Pauli zu hören. Es klang, als ob sie streiten würden.

Robert betrachtete das Haus, in dem er vorhin geschlafen hatte.

In einem der Fenster unter dem Dach sah er Hugo, der ihm das Profil zukehrte. Hugo redete mit jemandem. Aber mit wem? Mama war noch in der Küche, das hörte er am Geklapper des Geschirrs, Anna hatte wie er das Haus verlassen.

Hugo bemerkte, dass er von Robert beobachtet wurde. Er winkte ihm zu, verschwand vom Fenster und trat kurz darauf aus dem Haus ins Freie.

Er trug heute eine kurze Hose und ein weißes, ärmelloses Unterhemd. Auf dem Kopf hatte er eine Schiebermütze, in der Hand eine schwarze Sonnenbrille, die er sich aufsetzte, bevor er zu Robert ging. Der Kopf und der Rest passten irgendwie nicht zusammen, dachte Robert.

»So ein Bursche!«, sagte Hugo. »Sich einfach still und heimlich aus dem Staub machen ...«

»Das wollen weder die alten noch die jungen Frauen«, ergänzte Robert.

»Elefant«, sagte Hugo. »Heute steht Großwildjagd auf dem Programm. Hasen und Bienen, obwohl ...«

Robert sagte ungehalten: »Könnten Sie sich vielleicht klarer ausdrücken!«

»Nein.«

»Darf ich vielleicht fragen, mit wem Sie vorhin gesprochen haben?«

»Ja.«

»Mann!«, Robert war richtig ärgerlich, Hugo ging ihm auf die Nerven.

»Mit mir selbst habe ich gesprochen. Ich bin ein guter Gesprächspartner, wenn man sonst niemanden hat, außer einer alten Frau, die ziemlich verkalkt ist, nicht wahr?«

Robert nahm sich zusammen. Er hatte das Gefühl, eine Aversion gegen Hugo zu entwickeln. Hugo sagte traurig: »Sie werden mich bald los sein, aber vorher müssen Sie noch Arthur kennenlernen ...«

»Warum kannte er meinen Großvater? Warum wissen Sie überhaupt, dass ...« Robert wusste nicht weiter, zu viele Fragen sprudelten plötzlich in seinem Kopf.

R.I.P.

»Wer liegt hier begraben?«, fragte Robert angesichts der Kreuze, die schief in der Gegend herumstanden. Keine Aufschriften, Namen oder Lebensdaten, nichts. Es waren primitive Kreuze, aus zwei Brettern oder Ästen zusammengenagelt.

Hugo deutete auf ein Kreuz und sagte: »Hier liegt ein Fernseher begraben ...«

»Sehr originell«, sagte Robert.

Hugo ließ sich nicht beirren. »Hier eine Fliege, die Porno-Paul getötet hat, hier eine Spritzpistole, hier eine leere Flasche Wein, hier ein Auto ...«

»Ein ganzes Auto habt ihr hier eingebuddelt?«, fragte Robert ungläubig.

»Ein Spielzeugauto – das Symbol eines Autos. Und hier liegt eine harte Wurst, die von einer einsamen Frau zweckentfremdet verwendet wurde, und hier der Mann, von dem du geträumt hast …«

Robert hatte keine Ahnung, was Hugo damit meinte, es interessierte ihn ehrlich gesagt auch gar nicht. Hugo gab ihm trotzdem folgende Erklärung. »Sie haben doch von einem Mann geträumt, der quer über ein Auto gebunden war. Seine Frau saß im Auto, suchte den richtigen Platz für ihn, und dank meiner Hilfe hat sie ihn gefunden.«

Nun erzählte Hugo von der Beerdigungsfeier, die recht ungewöhnlich war. »Die Frau hat darauf bestanden, dass Porno-Paul, St. Pauli, Mama und ich selber nackt auf den Bäumen sitzen, während sie zu ihrem nackten Mann in das ausgehobene Grab hinunterstieg und sich ebenfalls nackt auf ihn drauflegte. Wir auf den Bäumen mussten summen –›traurige Melodien‹, wie sie sagte. Also summten wir vor uns hin. Die Frau lag recht lange im Grab, und Pepe hat es kaum ausgehalten so tatenlos auf dem Baum. Als die Frau endlich den Kopf über den Rand des Grabes streckte und von einem zum anderen sah, musste sie plötzlich sehr lange und sehr laut lachen. Wir schaufelten das Grab zu, und das war's.«

AUFERSTEHUNG EINER FLASCHE

Robert wies Hugo darauf hin, dass vor einem Kreuz ein tiefes Loch im Boden klaffte. »Und für wen ist dieses Grab?«

Hugo breitete die Arme aus und sagte mit feierlicher Stimme: »Hier lag eine Flasche Wein, die auferstanden ist.« Er ließ die Arme sinken. »Das war St. Paulis Idee, wie Sie sich denken können …«

»Nein, darauf wäre ich nicht gekommen. Ein seltsamer Heiliger! Das hat doch eher was Blasphemisches …«

Hugo unterbrach ihn. »Sie kennen St. Pauli noch zu wenig. Er hat ganz eigene Forschungsmethoden. Jedenfalls hat er die Flasche Wein begraben, um sie zu einem besonderen Anlass zu trinken. Frisch aus dem Grab, zu Ehren dessen, der von den Toten auferstanden ist …«

Eine ungewöhnliche Forschungsmethode

»Wenn man vom Teufel spricht«, sagte Hugo, als St. Pauli nur mit einem Lendenschurz bekleidet aus dem Wald geschossen kam.

Robert erkannte ihn fast nicht wieder. Dieser ruhige, behäbige, dicke Mann war wie ausgewechselt. Keine Spur mehr von Güte im Gesicht, im Gegenteil: der pure Hass. Atemlos keuchte er an Robert und Hugo vorbei, blieb ungefähr in der Mitte der Lichtung stehen, wo er die geballten Fäuste zum Himmel erhob und Gott wüst beschimpfte und verfluchte, beleidigte und verdammte.

»Was soll das?«, fragte Robert. »Gestern ein frommes Lamm, heute eine zähnefletschende Bestie – ich verstehe das nicht.«

»St. Pauli schwört auf seine Forschungsergebnisse«, sagte Hugo.

Als sich St. Pauli ausgetobt hatte, setzte er wieder ein würdevolles Gesicht auf – ein Gesicht voller Güte und Demut. Damit kam er auf Robert und Hugo zu.

»Zu neuen Erkenntnissen gelangt?«, fragte Robert.

St. Pauli stellte sich auf die Zehenspitzen, um näher bei Roberts Ohr zu sein. Mit verschwörerischer Stimme sagte er: »Ich habe ihn jetzt in der Hand, den sauberen Herrn«, und mit einem Augenzwinkern fügte er vielsagend hinzu: »Beim Kinderschänden beobachtet.«

Robert konnte die Worte nicht mit dem in Einklang bringen, was Hugo ihm anvertraut hatte.

St. Pauli fuhr fort: »Früher hat Gott mich oft angerufen. Aber auf einmal hat er darauf bestanden, dass ich ihn anrufe. Und das ist mir dann sündteuer gekommen. Das hat mich finanziell ruiniert. Und meine arme Frau ist gestorben. Er hat natürlich keinen Finger gerührt, der saubere Herr Gott ...«

Er wandte sich abrupt von Robert ab und war plötzlich wieder ganz außer sich. »Eines Tages«, schrie er zum Himmel hinauf, »werde ich dir mit einem glühenden Holzkreuz das Auge im Dreieck ausbrennen und dann kannst du sehen, wer deine Schafe hütet!«

Gerade als Robert dachte: Stopp, ich halte das nicht mehr aus, brach St. Pauli schluchzend zusammen. Er fiel auf die Knie, raufte sich das Haar, riss mit seinem Mund Gras vom Boden, spuckte es aus, schmierte sich Erde ins Gesicht, in den Mund, Dreck und Tränen vermischten sich auf seinem Gesicht – er wurde von einem Weinkrampf geschüttelt, trommelte verzweifelt mit beiden Fäusten auf die Erde, bat schließlich Gott wimmernd um Verzeihung.

»Was ist jetzt wieder los?«, sagte Robert.

Hugo legte ihm eine Hand auf die Schulter und meinte: »Er hat den Tod seiner Frau nie verkraftet …«

»Das interessiert mich nicht. Sie haben gesagt, es handle sich dabei um eine spezielle Forschungsmethode«, sagte Robert spöttisch und wischte Hugos Hand unwirsch von seiner Schulter.

»Bei dem Ganzen handelt es sich um ein spezielles Abenteuer, das uns alle teuer zu stehen kommen wird, dich vielleicht ausgenommen, wage ich zu behaupten. St. Pauli, als er noch schlicht Pauli war, liebte seine Verlobte mehr als alles andere auf der Welt. Er konnte ihr stundenlang beim Essen zuschauen …«

Robert bemerkte eine Träne, die unter der schwarzen Sonnenbrille hervorkam. Er holte tief Luft. Es war ihm unangenehm, Hugo in dieser Verfassung zu erleben.

Hugo wischte sich die Träne von der Wange.

Robert räusperte sich, dann sagte er: »Mama hat seine Frau verloren, St. Pauli hat seine Frau verloren. Haben auch Sie …«

»Ist er nicht ein reizender Bursche«, unterbrach ihn Hugo und zeigte auf St. Pauli, der gerade wieder sein Gesicht mit Erde beschmierte.

FEHLENDE NÄHE

Mit lautem Geschrei kam Porno-Paul aus dem Wald gestürmt. Er war nackt bis auf eine lange Unterhose, die er bis zu den Oberschenkeln hinaufgezogen hatte.

»Was macht denn der heilige Spanner da!«, brüllte er und rannte auf St. Pauli zu, der jetzt im Gras saß und die Hände gefaltet hatte.

»Ich schlepp dich ab und melk dich leer, du Sau!«, rief Porno-Paul.

»Lass mich in Frieden, ich bete.«

»Was tust du? Bist du noch bei Trost, motherfucker?«

St. Pauli war wieder ganz der fromme, zurückhaltende Mann, Porno-Paul war Porno-Paul, auch genannt Pepe.

Hugo war Hugo.

Nur Robert wusste nicht, wer er war.

VERSUCHTE GOTTESAUSTREIBUNG

»Jetzt wird gepimpert, dass die Schwarte kracht!«, rief Pepe und stürzte sich auf St. Pauli, der noch Zeit hatte, auszurufen: »Der Friede sei mir dir!«, bevor er sich seiner Haut wehren musste. Pepe schlug wild auf ihn ein, versuchte ihn zu würgen, rammte ihm das Knie in den Bauch, riss ihn an den Haaren.

Als St. Pauli Oberwasser hatte und ihn in den Schwitzkasten nahm, sagte Hugo: »Er schließt Pepe in sein Gebet ein.«

Robert lächelte gequält.

»Was für ein lesbisches Techtelmechtel!«, hörte man rufen, dann: »Du wirst auch noch zum Kreuz kriechen!«

Der Kampf artete aus. St. Pauli lag wieder einmal unten und versuchte, die Hände, die sich um seinen Hals klammerten, zu lösen. Er hatte keinen Erfolg.

»Dir ramm ich meine satte Stange ins Hirn! Jetzt hat es sich ausgebetet, in Ewigkeit ficki-ficki, der Stab ist reif!« Und zu Robert und Hugo gewandt rief er: »Kommt näher, dann entgeht euch nichts! Ich bums ihm jetzt den Gott aus dem Sack!«

St. Paulis Gesicht war blau. Gerade als Hugo eingreifen wollte, um das Schlimmste zu verhindern, kam Mama aus dem Haus gestürzt und steuerte auf die Streithähne zu.

»Immer das Gleiche!«, sagte er und riss Pepe unsanft an den Haaren von St. Pauli herunter. Er landete auf dem Rücken. Seine Zunge schnellte hervor und zappelte in der Luft.

»Phhh«, machte Robert.

St. Pauli rang nach Luft.

»Wenn noch einmal kämpfen, ich euch windelweich schlagen!«

Pepe fasste Mama ins Auge. »Was bist denn du für eine aufregende Fregatte, vollbusig und mit einem Riesenarsch zum Hineinbeißen …«

Mama versetzte ihm eine Ohrfeige, die weithin zu hören war.

»Euter«, sagte Pepe.

EIN UNTYPISCHER KOMMISSAR

Robert glaubte an eine Sinnestäuschung, als ein hochgewachsener, hagerer Mann in Anzug und Krawatte aus dem Wald trat und über die Lichtung schritt. Im Mundwinkel hing ihm lässig eine Zigarette, sein Gesichtsausdruck verhieß nichts Gutes.

»Was ist denn das?«, fragte Robert und sah sich hilfesuchend nach Hugo um, der aber nur mit den Schultern zuckte.

Der Mann kam näher, mit entschlossener Miene überwachte er dabei das Terrain, hatte seine Augen überall.

»Scheint ein gefährlicher Bursche zu sein«, sagte Hugo.

»Kommissar Soundso von der Mordkommission«, sagte der Mann mit schneidender Stimme.

»Soso«, sagte Robert.

»Ja, und?«, sagte Hugo.

Kommissar Soundso verengte die Augen zu schmalen Schlitzen, nahm einen tiefen Zug von seiner Zigarette und hustete.

»Gesundheit«, sagte Hugo.

»Danke«, sagte der Kommissar.

»Entschuldigen Sie, wenn ich hier so hereinplatze, aber Pflicht ist Pflicht, ich muss jeder Spur nachgehen … Mein Kollege hat sich übrigens auf dem Weg hierher im Wald verirrt, ein unzuverlässiger Mann, ich hoffe, er wird bald versetzt.« Er schüttelte den Kopf, bevor er sich in Pose warf und mit unverhülltem Stolz fortfuhr: »Mir geht der Ruf voraus, ein zielstrebiger und unerbittlicher Feind aller Krimineller zu sein. Meine Position habe ich erreicht durch eine Mischung aus professionellem Skeptizismus und beharrlicher Verbissenheit bei der Lösung meiner Fälle. Zynische Kollegen kann ich nicht ausstehen, und wer sich im Wald verirrt, hat bei uns eigentlich nichts verloren. Da könnten wir gleich Hänsel und Gretel einstellen, wenn Sie verstehen, was ich damit sagen will.«

»Und was hat das alles mit uns zu tun, Herr Inspektor?«, fragte Hugo.

»Kommissar, wenn ich bitten darf. Aber was Ihre Frage anbelangt, ich brauche Anhaltspunkte, das ist es, was ich hier zu finden hoffe. Ich brauche Anhaltspunkte, um die Maschine in Gang zu bringen …«

»Soll das ein Krimi werden?«, fragte Robert.

»Dazu ist es zu spät«, gab ihm Hugo zur Antwort.

Im Gesicht des Kommissars begann es da und dort zu zucken. Er verlor mit einem Schlag seine Selbstsicherheit und wusste offensichtlich nicht mehr weiter.

Hugo half ihm aus der Verlegenheit: »Vielleicht können wir Ihnen helfen, was diese Anhaltspunkte anbelangt?«

Statt einer Antwort holte Kommissar Soundso ein Foto hervor, das er Robert unter die Nase hielt, der sofort am ganzen Körper zu zittern begann.

»Da habe ich ja schon einen Anhaltspunkt«, sagte Herr Soundso. »Ich ermittle in einem undurchsichtigen Fall, was den Tod dreier Menschen anbelangt, die in verwandtschaftlichem Verhältnis zu dieser Person stehen.« Dabei deutete er auf Robert.

»Das ist doch alles nicht wahr!«, rief Robert aus. »Das stimmt doch hinten und vorne nicht zusammen. Wenn das so weitergeht, hänge ich mich am nächsten Baum auf ...«

»Die Auswahl ist groß«, sagte Hugo.

»Die Auswahl ist beschissen!«, sagte Robert.

»Mäßigen Sie sich«, sagte der Kommissar, »ich tue nur meine Pflicht, auch wenn ich völlig fehl am Platz bin, ich kann eben nicht aus meiner Haut heraus ...«

»Und ich nicht in meine Haut hinein!«, rief Robert.

»So hat jeder sein eigenes Hautproblem, ist ja eine Problemzone ...«, der Kommissar lachte auf, holte einen Taschenspiegel hervor und besah sich sein Gesicht, wo schon etliche Falten vom Angriff des Alters zeugten.

Robert rollte mit den Augen. »Ich möchte wissen, wie derjenige, der sich das alles ausgedacht hat, auf Sie gekommen ist.«

»Ich bitte Sie, ich tue nur meine Pflicht, um mich zu wiederholen. Wenn von mir erwartet wird, dass ich hier erscheine, dann erscheine ich eben ...«

»Hauen Sie doch ab, Mann!«, fuhr ihm Robert über den Mund. »Dieses Geschwätz ist ja nicht auszuhalten.«

»Entschuldigung«, sagte Kommissar Soundso zerknirscht.

»Außerdem fallen Sie von einem Extrem ins andere!«

»Mein Vorgesetzter will es so«, entschuldigte sich Herr Soundso.

Zu viel des Guten

»Was haben Sie zum Tod ihrer Eltern und ihrer Schwester zu sagen?«

Bevor Robert antworten konnte, war Pepe beim Kommissar angekommen und schnüffelte an ihm herum. Das verunsicherte Herrn Sowieso wieder. Er wusste zum Beispiel plötzlich nicht mehr, wie er hieß. Das passierte ihm selten. Hieß er nun Soundso oder Sowieso?

»Hast du einen geilen Gummiknüppel dabei oder vielleicht gar eine süße Mieze im Sack?«

»Halten Sie mir diesen Verrückten vom Leib oder ich muss Verstärkung anfordern!« Der Kommissar war blass geworden.

»Gott schütze euch!«, rief St. Pauli, der mit Mama aus dem Haus getreten war. Neugierig kamen die beiden näher.

»Was du wollen?«, fragte Mama den Kommissar, der verzweifelt versuchte, aus der Reichweite von Pepes Nase zu gelangen.

»Bist du auf der Suche nach dem wahren Weg?«, fragte St. Pauli.

Der Kommissar sah hilfesuchend von einem zum anderen.

»Kennst du einen schwarzen Barkeeper mit dem Namen Bill the Bull?«

Der Kommissar packte auf einmal Robert am Oberarm und zerrte ihn zur Seite.

Robert riss sich frei. »Was wollen Sie von mir?«

»Ich will Ihnen nur ein paar Fragen stellen.«

»Stellen Sie IHM die Fragen«, sagte St. Pauli und deutete zum Himmel, »und Sie werden sich wundern, wie aufschlussreich die Antworten sind.«

»Schon wieder fragen, fragen, fragen«, stöhnte Mama, »zum Verrücktwerden!«

Hugo drängte sich zwischen Robert und den Kommissar.

»Sie sind hier völlig fehl am Platz, Herr S., glauben Sie mir!«

»Herr S., das gefällt mir«, sagte der Kommissar, holte seine Dienstmarke hervor und hielt sie Hugo unter die Nase. »Sehen Sie, was das ist?«

»Keine scharfe Nahaufnahme, so viel steht fest«, sagte Pepe, der seine Nase dazwischengesteckt hatte.

»Ich lasse Sie alle hinter Schloss und Riegel bringen ...«

»Sind Sie von der Sitte?«, fragte Pepe.

»Nein, von der Mordkommission!«

»Schade«, sagte Pepe, »mit Sittlichkeitsdelikten könnte ich dienen. Aber nein, einen Mord habe ich auch begangen! Mit diesen verwichsten Händen hier habe ich eine Fliege umgebracht, weil sie sich nicht von mir die Maus stopfen ließ. Lochen Sie mich jetzt ein, Sie scharfer Hecht?«

Robert wollte davonlaufen, aber er stand wie angewurzelt und konnte sich nicht vom Fleck bewegen. In seinem Kopf schwirrten Satzfetzen herum, durchmischt von dem, was die anderen jetzt redeten, ein unglaubliches Durcheinander. Mord ... Eltern getötet ... Schwester getötet ... Spritznummer ... fragen, fragen, fragen ... Völlig fehl am Platz ... nur meine Pflicht ... Gott ist oben ... Hundemarke ... haben Sie Kinder ... hundsscharfe Lesben ... Gehen Sie endlich ... Seht euch die Vögel an ... abenteuerliche Schwänze ... Waldesruh sieht anders aus ... reden, reden, reden ...

Robert hielt es nicht mehr aus. »RUHE!«, brüllte er und hüpfte auf der Stelle. »RUUUU – HEEEE!!!!«

Ein schneller Abgang

»Da sehen Sie, was Sie angerichtet haben mit Ihrem deplatzierten Erscheinen«, sagte Hugo und deutete mit seinem Kinn auf den hüpfenden Robert.

Der Kommissar starrte Robert an, der jetzt so hoch hüpfte wie nie zuvor in seinem Leben. Fast konnte er über die Bäume sehen, so hoch hüpfte er hinauf.

»Das konnte ich nicht wissen«, sagte der Kommissar schuldbewusst.

Hugo legte ihm eine Hand um den Nacken. »Ich glaube, es ist besser, Sie gehen jetzt.«

Der Kommissar nickte, tippte sich an den nicht vorhandenen Hut und ging weg, ohne noch ein Wort zu sagen.

»Kümmern Sie sich lieber um Parksünder«, rief ihm St. Pauli lachend nach.

»Da geht mir einer ab!«, rief Pepe.

Robert bricht zusammen

»Ich halte das nicht mehr aus«, sagte Robert, »ich habe es satt, so satt!«

»In der Tat«, sagte Hugo.

»Nimmersatter Sexprotz!«, rief Pepe.

»Diese Geheimniskrämerei! Ihr seid doch alle miteinander zum Vergessen«, sagte Robert, »ich will mit euch …«, er brach in hemmungsloses Schluchzen aus.

Mama nahm ihn in die Arme, drückte und streichelte ihn zärtlich, wobei ihm Tränen in die Augen stiegen.

»Was meint er damit, der arme Sünder?«

»Was für eine nasse Szene!«

»Robert in Ruhe lassen«, sagte Mama, »er müde sein, erschöpft, nervös, nicht viel geschlafen haben ...«

»Ach was!«, schrie Robert und befreite sich. »Du bist die typische Mama, immer harmonisieren und beschwichtigen ...« Robert ging ziellos auf der Wiese herum, die Tränen rannen ihm übers Gesicht. »Ich gehe weg!«, sagte er, »weg, weg, weg – ich kann euch nicht mehr sehen!«

»In der Tat«, sagte Hugo.

»Erst essen, dann weitersehen«, sagte Mama.

KEINE WAHL

Robert setzte sich am Rand der Lichtung auf einen Baumstamm.

»Wir sind heute alle nervös«, sagte Hugo, der ihm gefolgt war und sich vor ihn stellte, »es liegt etwas in der Luft.«

»Gibt es Angela oder habe ich sie nur geträumt? Sie sind doch eine Art Hellseher und im Bund mit Ich-weiß-nicht-wem.«

Hugo nahm die Sonnenbrille ab und sah Robert traurig an. »Diese Frau gibt es, und das wird uns auch zum Verhängnis werden.«

»Und wo finde ich sie?«, fragte Robert.

»Sie wird dich finden. Zuerst musst du aber Arthur kennenlernen ...«

»Ich will diesen Arthur nicht auch noch kennenlernen!«

»Er hat deinen Großvater gekannt.«

»Ach was!«

»Du hast keine Wahl, glaube mir.«

»Das werden wir ja sehen.«

Hugo bot Robert eine Zigarette an, Robert lehnte ab.

»Später einmal«, sagte Hugo, der neben Robert auf dem Baumstamm Platz genommen hatte, »wirst du dich gern an uns erinnern.«

Robert war aufgefallen, dass Hugo ihn zum ersten Mal geduzt hatte.

»Vielleicht«, sagte er.

ANDERE GEDANKEN

Nach dem Essen, es gab Kartoffeln und dazu Wein, diesmal aus Gläsern, fühlte sich Robert müde. Mit Todesverachtung blickte er der Zukunft entgegen, spöttisch sah er Pepe zu, wie der wieder einmal versuchte, auf andere Gedanken zu kommen.

Auch Hugo, St. Pauli und Mama waren müde, hielten sich die Bäuche und blinzelten in die Sonne, die durch den Rauch schien, den Pepe produzierte.

Alle bis auf Pepe saßen an dem Tisch vor dem Haus.

»Du wieder okay?«, fragte Mama Robert, und brach damit das Schweigen.

Ausgerechnet Mama fängt wieder an zu quatschen, dachte Robert und sagte: »Du guter Koch.«

Mama fühlte sich geschmeichelt.

Pepes Schritte wurden immer unsicherer, seine Knie wurden weich, er machte den Eindruck, bald umzukippen.

»Warum will er eigentlich auf andere Gedanken kommen?«, fragte Robert.

»Auch Sie wollen andere Gedanken haben«, sagte Hugo, der Robert wieder siezte, »aber im Gegensatz zu Porno-Paul wissen Sie nicht, welche Methode Sie anwenden sollen.«

Robert stürzte hastig ein halbes Glas Wein hinunter.

Pepe setzte sich käsebleich mit belämmertem Gesichtsausdruck an den Tisch, fixierte mit seinen halbgeschlossenen Augen die Spitze seiner Nase.

»Was du diesmal denken?«, fragte Mama neugierig.

St. Pauli bekreuzigte sich.

Nach einer kleinen Ewigkeit antwortete Pepe: »Die Geschichte ... äh ...«

»Beschäftigt er sich mit Geschichte?«, fragte Robert in die Runde, und St. Pauli gab ihm die Antwort: »Mit schmutzigen Geschichten. Zum Glück kann Papier nicht schwanger werden ...«

»Und du hast Gott beschimpft wie den letzten Dreck«, sagte Robert.

»Das gehört zu meiner Forschungsmethode.«

»Und wie war das mit den Telefongesprächen? Das ist doch Schwachsinn!«

St. Pauli sprang auf. Sein ganzer Körper spannte sich an, die Adern im Hals traten hervor und sein Kopf wurde rot. »Du verstehst gar nichts, Dummkopf! Glaubst du, ich weiß nicht, was ich tue, so wie Porno-Paul? Ich weiß genau, was ich tue. Und meine Ergebnisse können sich sehen lassen, die sind nicht in einer Dachkammer versteckt. Gott will nicht, dass wir uns weiter vermehren. Deshalb mussten Annas Eltern sterben, deshalb musste meine Verlobte sterben. Wir wollten viele Kinder haben, eine Kinderschar ... Das war ein Fehler! Gott wollte das nicht. Gott hat gesagt: Schluss mit der Fruchtbarkeit und mit dem Vermehren, es reicht!«

»Schon gut, schon gut, beruhige dich«, sagte Hugo, suchte Augenkontakt mit Robert und fügte hinzu: »Meines weißen Bruders Rede fließt wie Wasser, das bergab strömt.«

St. Pauli setzte sich wieder hin und starrte Robert hasserfüllt an. Plötzlich aber entspannten sich seine Gesichtszüge, er lächelte milde, machte ein Kreuzzeichen und sagte: »Richtet nicht, damit ihr nicht gerichtet werdet.«

Nun meldete sich überraschend Pepe zu Wort. »Ich weiß, dass ich bald sterben werde. Ich habe keine Angst vor dem Tod. So viele sind vor mir gestorben, so viele werden nach mir sterben. Die Geschichte ist bald aus. Ich bin eine Null und das werde ich immer sein. Der Mensch ist voller Fehler, alles ist voller Fehler, Fehler ohne Ende.«

Solche Worte hatte Robert nicht aus Pepes Mund erwartet.

»Darum sage ich euch«, sagte St. Pauli, »wehe der Welt, denn in ihr herrscht Verführung.«

»Meine Kinder sein alle plemplem!« Mama stand auf und ging ins Haus.

Anna kam aus dem Wald, Robert winkte ihr zu. Sie streckte ihm die Zunge heraus, lief quer über die Lichtung und verschwand wieder hinter den Baumstämmen.

»Von der können Sie was lernen«, sagte Hugo.

12. TEIL

Statt Romane aus der Leihbibliothek zu lesen oder ins Kino zu gehen, um danach nur um so unzufriedener in den Alltag zu taumeln, müssen wir sie zwingen, selbst Romane zu leben und den Alltag in Abenteuer zu verwandeln. Ich predige keine Flucht aus dem Alltag, weder vorwärts noch rückwärts, sondern ich rufe ihnen von hier oben aus zu: Wacht auf! Reißt die Brandmauern eurer Gewohnheiten nieder! Macht die Augen auf und träumt!

ERNST KREUDER, *Die Gesellschaft vom Dachboden*

»Jetzt ist es so weit«, sagte Hugo, dessen Lebensgeister wieder erwacht waren. »wir gehen zu Arthur und bringen es hinter uns …«

»Gehen wir zu ihm«, sagte St. Pauli feierlich, »um ihn zu bewahren vor Sündenfall.«

»Arthur sein auch plemplem«, sagte Mama zu Robert, »immer reden, reden, reden.«

Pepe, wieder ganz der Alte, schrie: »Arthur ist ein Arschficker, ein ausgelutschter Hundsfott!«

Hugo sagte: »Der Schleier wird zerfetzt …«

»Von Arthur, dem Schleierzerfetzer, dem Kleider-vom-Leib-Reißer!«

»So gehen wir in Frieden!«

»Auf, auf, ihr Hähne, das Huhn haut ab!«

Robert spürte eine plötzliche Lebensgier in sich aufsteigen, die die Hand in seinem Hals energisch zur Seite drängte und leuchtend aus seinen Augen sprühte, ein Appetit auf Leben, der alles in einem verlockenden Licht erscheinen ließ.

»Ihre Augen sprühen«, sagte Hugo, »vielleicht bleiben Sie uns doch treu.«

Robert war klar, dass er das Sprühen falsch gedeutet hatte. Hugo erkannte seinen Irrtum und sagte jetzt enttäuscht: »Ich verstehe. Das ist schön für Sie, aber schlecht für uns.«

Waldemar (2)

»Jetzt bin ich schon wieder im Wald«, sagte Robert. »Ich war bestimmt länger als zehn Jahre nicht mehr in einem Wald und in letzter Zeit andauernd …«

»Das kommt davon, wenn man den Holzweg beschreitet«, sagte Hugo und lachte gequält.

»Ich lache mir einen Ast«, sagte Robert und lachte ebenfalls gequält.

»Ich will eine Lanze brechen für den Holzweg«, verkündete Hugo.

»Ich lache mir einen Holzfuß.«

»Holz riecht gut, finden Sie nicht auch?«

»Trotzdem weiß ich nicht, ob es besser ist, in ein Stück Holz zu beißen oder es in die Luft zu werfen.«

»Holzwege führen oft in Sackgassen.«

»Fest steht, ich will auf einen grünen Zweig kommen, einen grünen! Greenhorn sein, jung und unbeschwert, ohne Angst und Schuldgefühle …«

»Bravo!«, sagte Hugo.

»Ab sofort nenne ich mich Waldemar!«, rief Robert aus.

»Waldemar?«

»Waldemar.«

»Angela und Waldemar klingt gut.«

DER KIRCHTURM IM SEE

Vor ihnen lag der See. Hatten sie die Lichtung bei strahlendem Sonnenschein verlassen, so war die Sonne nun hinter dichten Wolken versteckt. Das Wasser des Sees schlug unruhig ans Ufer, vom Wind gepeitscht. Auf dem schmalen Streifen zwischen Wald und See stand ein Haus. Es war ein einfach gebautes, flaches Haus aus Stein, das an einen Bunker erinnerte. Vor dem Haus befand sich ein großer Holztisch, an dem ein alter weißhaariger Mann saß, der mit lauter Stimme ein Selbstgespräch führte. Vor ihm auf dem Tisch stand eine große Flasche.

»Arthur«, sagte Hugo, »wie er leibt und lebt.«

Was Robert erst jetzt auffiel: Links von ihnen, halb vom Wald verdeckt, etwa 50 Meter vom Ufer entfernt, ragte ein Kirchturm aus dem Wasser des Sees. Das Bild kam ihm sehr bekannt vor. Er erinnerte sich daran, dass er so etwas schon einmal gesehen hatte, und zwar in seiner Kindheit, als sie noch alle zusammen, die ganze Familie, im Sommer nach Italien gefahren waren. Auf dem Weg zu ihrem Urlaubsziel, irgendwo in Südtirol, hatte er schon einmal so einen Turm aus einem See ragen gesehen. Ein ganzes Dorf war unter Wasser gesetzt worden. Er erinnerte sich, dass er in der Folge oft von diesem Turm geträumt hatte.

Pepe war inzwischen vorangestürmt, begrüßte Arthur und setzte sofort die Flasche an den Mund.

Arthur stand auf und breitete die Arme aus.

»Hören Sie das?«, fragte Hugo, und jetzt hörte auch Robert das Geräusch eines rasch näher kommenden Helikopters.

ARTHURS TOD

Kaum hatte Arthur die Arme wieder sinken lassen, tauchte über ihm ein Helikopter auf, der ein paar Hunde abwarf. Es waren große Hunde, rasend vor Hunger, denn sie stürzten sich sofort auf Arthur, rissen ihn in Stücke und schlangen ihn hinunter.

»C'est la vie«, sagte Hugo.

DUNKLE MÄUSE

Pepe ging furchtlos auf die Hunde zu und beschimpfte sie als Arschlöcher und Hurensöhne.

Er besah sich die Schweinerei, wie er es nannte, überall Reste von Arthur in seinem Blut.

»Schwanzlutscher!«, sagte er und griff wieder nach der Flasche.

Die Hunde schauten ihn nur neugierig an, sie waren jetzt satt und friedlich, sodass sich auch St. Pauli näherte. »Gott sei mit euch, denn ihr wisst nicht, was ihr tut.«

Der Helikopter über ihren Köpfen machte sich wieder bemerkbar, aus seinem Bauch wurde eine Art großer Korb heruntergelassen, in den die Hunde sofort hineinsprangen und kurz darauf hinaufgezogen wurden.

Hugo sagte bedauernd zu Robert: »Das war nicht geplant, das wirft alles über den Haufen …« Traurig sah er dem sich entfernenden Helikopter mit den Hunden nach.

Pepe kam zu Robert und klärte ihn über Arthur auf: »Hast du gesehen, dass er geschminkt war, die alte Schwuchtel? Er stand nämlich auf Dunkle Mäuse, spezialisierte sich darauf. Dunkle Mäuse, wie der Chinese sagt, ist das, was der Wiener einen Kleinen Braunen nennt. Alles klar? Kannst du mir folgen, du Brummer?«

Robert verneinte, worauf Pepe vergnügt sagte: »Arschficker, Arschficker!«

St. Pauli hatte das Gesicht mit geschlossenen Augen zum Himmel gewandt und murmelte Gebete. Unter anderem bat er darum, dass Arthur nicht in die Hölle verstoßen würde trotz seiner Vorliebe für Dunkle Mäuse.

Robert wandte sich an Hugo: »Was hätte Arthur mir über Otto erzählen können, das ich noch nicht wusste?«

Hugo zuckte mit den Schultern, dann sagte er: »Einer der Hunde, die ihn zerfleischt haben, hieß bestimmt Otto.«

Ein Mann trat aus dem Wald. Er trug einen hellen Anzug, auf seiner nackten Brust hing ein Medaillon, das hin und her schwang. Er hatte langes Haar, aber nur auf einer Seite des Kopfes, auf der anderen war er glatt rasiert. Seine Gesichtszüge waren edel wie die eines Indianerhäuptlings und von anziehender Schönheit. Insgesamt sah er aus wie einer, dem schon lange klar ist, dass ein alter Pudel keine neuen Kunststücke mehr lernt.

»Hallo«, sagte er zur Begrüßung, »ich bin Julian. Ihr seid bestimmt die Freunde von Arthur – er hat mir viel von euch erzählt. Wo ist er denn, ist er drinnen im Haus?«

»Er ist tot«, sagte Hugo, »von Hunden zerfleischt und aufgefressen.«

»Mausetot«, ergänzte Pepe, »das hat er davon, dass er den Untermieter immer von hinten hinein gestoßen hat. Schluss mit Dunklen Mäusen!«

Julian legte beide Hände an die Wangen und sank auf die Bank.

»Auf Arthur!«, sagte er plötzlich und griff nach der Flasche. »Das ist sonst nicht meine Art, aus der Flasche zu trinken, aber heute – ich kann es noch gar nicht glauben. Dabei hat er Hunde so geliebt …«

Mama meldete sich zu Wort: »Arthur hin und her, Mama Hunger haben.«

»Gute Idee«, sagte St. Pauli, »die Fastenzeit dauert schon lange.«

Julian erhob sich und ging zu Robert, der etwas abseits stand und auf den See schaute.

»Was ist das für ein Medaillon?«, fragte Robert.

Julian öffnete den Deckel. Zu sehen war das Foto eines Raubtierzahnes vor dem Gesicht eines alten weißhaarigen Mannes, der eine Olive ins rechte Auge geklemmt hatte.

»Aha«, sagte Robert.

DIE VERDAMMTEN

Es gab Würstel, Brot und Senf, für Mama Kartoffeln.

Während des Essens erfuhr Robert, dass Arthur lange in England gelebt hatte, in London, Soho, dass er dann eine Zeitlang in Italien verbracht hatte, in einem kleinen Ort namens Civitella d'Agliano, in der Nähe von Orvieto. Was er gearbeitet hatte, wovon er lebte, wussten sie alle nicht.

»Er war sehr talentiert darin, Geld aufzustellen«, sagte Julian, »und domestizierte Mäuse interessierten ihn nicht, die konnte er nicht ausstehen …« Julian zwinkerte Robert zu, und dem wurde klar, dass dieser Schönling mehr wusste, als er preisgab.

»Würstel pfui«, sagte Mama und steckte sich eine Kartoffel in den Mund.

»Du unterschätzt sie«, sagte Julian und fuhr in einem pathetischen Tonfall fort. »Als ich noch jünger und einsamer war als heute, waren sie mir bei schönen Spielen willig zu Diensten.«

Robert fiel auf, dass Hugo, Pepe und St. Pauli so gut wie nicht mehr anwesend waren. Sie dämmerten vor sich hin, schienen an dem Ganzen keinen Anteil mehr zu nehmen.

»He, ihr trüben Tassen«, sagte Julian lebhaft, »kennt jemand von euch die wunderbaren Ärsche, die Luca Signorelli in der Kapelle des Doms von Orvieto gemalt hat, zum Beispiel in dem Fresko *Die Verdammten*?«

Ohne darauf einzugehen sagte Pepe unvermittelt zu Hugo: »Du tauber Holzwurm! Alter Egoist! Impotenter Sack!«

Julian lachte. »Das hätte Arthur gefallen! Schade, dass er nicht mehr unter uns ist ...« »Kennst du Ilona?«, fragte Robert, und Julian antwortete sofort: »Aber sicher kenne ich die gute Lena Ilona Lola Lulu, das Luder – bitte nicht falsch verstehen, ich liebe sie, meine das in keiner Weise despektierlich ... Ihr Mann war ein Freund von mir, den mochte ich auch sehr gern.«

Es wird romantisch

»Halt doch die Klappe, du schwule Sau!«, fauchte Pepe plötzlich los Richtung Julian. »Schwanzlutscher, verfickter!«

St. Pauli erwachte aus seinem Dämmerzustand und vergrub sein Gesicht in den Händen, Mama drückte sich zwei Kartoffeln auf die Ohren, Robert und Hugo reagierten gar nicht, Julian lachte los.

Pepe lachte mit, dann goss er sich Wein über den Kopf. Er rann ihm übers Gesicht, mit der Nase sog er einen Teil davon wieder ein.

Er nieste.

St. Pauli wischte sich angewidert mit den Händen übers Gesicht.

»Jetzt wird's romantisch«, sagte Hugo, noch bevor St. Pauli ausrief: »Du hast mich angespritzt!«

Pepe klatschte begeistert in die Hände. »Extra geil, voll in die Fresse gespritzt! So habe ich's gern, ich trinke auf Arthur! Volle Kraft voraus, der Steuermann schiebt den Knüppel in Power-Position!«

Die Sonne kam wieder hinter den Wolken hervor. Alle hielten ihr dankbar das Gesicht entgegen.

»Die gelbe Sau treibt's heute wieder besonders heiß«, rief Pepe aus.

Hugo und Robert mussten gähnen. Julian lächelte Robert zu. Mama rülpste. St. Pauli bekreuzigte sich im Mund – mit der Zunge. Das hatte er von einem Rumänen gelernt. Die Zunge in der Mundhöhle von oben nach unten bewegen, dann von links nach rechts. Es gefiel ihm, dass der Gaumen in Rumänien als der »Himmel des Mundes« bezeichnet wurde.

»St. Pauli hat wieder Oralsex!«, rief Pepe.

Aus heiterem Himmel begann St. Pauli jetzt zu weinen, er sehnte sich plötzlich intensiv nach der Zeit zurück, als er Paul hieß, von Freunden Pauli genannt wurde, und seine Frau noch lebte. Erst weinte er, dann lutschte er an seinem Daumen.

»Schon wieder!«, rief Pepe.

MAMA UND DIE WELT

Mama kam mit Würsteln, Brot und Senf aus dem Haus.
Robert hatte ein Déjà-vu-Gefühl. Hatten sie nicht gerade alle gegessen? Aber es wurde noch rätselhafter, denn Mama sagte: »Essen sein fertig. Leider nix Kartoffeln gefunden.« Robert hatte noch deutlich das Bild vor Augen, wie sich Mama Kartoffeln auf die Ohren hielt … Er lenkte sich ab, indem er an Angela dachte. Sie würde ihm helfen können, davon war er überzeugt.

Hugo fragte Mama: »Hast du deine Meinung über die Welt geändert?«

Mama antwortete mit angeekelter Grimasse: »Ich nix wissen wollen von Welt. Welt ist böse, Mensch ist böse ...«

»Du entwickelst dich auch nicht weiter«, sagte Hugo, »aber das ist vielleicht zu viel verlangt, viel zu viel, in Anbetracht der Umstände ...«

»Was soll das wieder heißen?«, fragte Robert, wurde aber von Pepe abgelenkt, der mit einem Stück Wurst zwischen den Zähnen sagte: »St. Pauli lässt nach, schon wieder kein Tischgebet, der alte Wichser hat wohl keine Munition mehr ...«

St. Pauli faltete schuldbewusst die Hände und haspelte ein Gebet herunter, als er fertig war, noch bevor St. Pauli »Amen« sagen konnte, sagte Pepe: »Scheiße.«

Der weisse Teppich

Julian berührte den Unterarm von Robert.

»Ich blas dir was, du Schwuchtel!«, sagte Pepe und tätschelte Julians Hand auf Roberts Unterarm. Julian zog die Hand zurück und entfernte mit dem Zeigefinger etwas aus seinem Augenwinkel.

Mama verschränkte die Arme vor der Brust und sagte: »Ich sein müde.«

St. Pauli griff das sofort auf. »Müde bin ich, geh zur Ruh, schließe meine Äuglein zu ...«

Nur Hugo sagte etwas Überraschendes. »Und du, Hugo, willst du nicht das Kasperl machen?«

Hugo gab sich gleich selbst die Antwort. »Ich denke an Anna. Sie ist ein gesundes Kind, ein erfrischendes Mädchen. Sie wird uns was pfeifen, sie wird uns nie brauchen. Ich werde mich wieder auf meine Arbeit konzentrieren ...«

»Arbeit? Was für eine Arbeit?«, fragte Robert.

Jetzt mischte sich auch Julian ins Gespräch. »Arthur hat mir davon erzählt. Malen oder zeichnen Sie immer noch Holzbretter ab? Interessieren Sie sich immer noch für die Struktur eines Holzes, Baumstamm, Brett, was auch immer?«

»Manchmal«, sagte Hugo und klopfte mit den Fingern auf die Tischplatte.

»Werden die Bilder ausgestellt, sind sie käuflich?«, wollte Julian wissen.

»Weder noch.«

»Vom Hugo für den Hugo«, sagte Robert.

»Sie enttäuschen mich, aber ich kann Ihnen keinen Vorwurf machen«, entgegnete Hugo. »Es ist wahr, ich habe keine klaren Konturen. Wir alle haben das nicht, das liegt in der Natur der Sache. Die Bretter vor dem Kopf, das sind die Bretter, die die Welt bedeuten, das andere ist alles nur Theater.«

Robert hatte das Gefühl, das schon irgendwann gehört oder gelesen zu haben.

»Man sollte Ihnen einen Teppich ausrollen«, sagte Robert, »dem großen Theaterkünstler, dem Meister des Schauspiels und der Verstellung auf dem Weg zur Preisverleihung ...«

Pepe griff das sofort auf: »Einen weißen Teppich aus Klopapier, auf dem er balancieren muss, der höllisch scharfe Schweinepriester!«

»Was willst du damit sagen?«, sagte St. Pauli.

Jetzt platzte Mama wieder einmal der Kragen. »Ich das nicht mehr aushalten!«

»Brauchen Teppich für Holzwurm«, sagte Pepe, »Fleckerlteppich!«

»Es wäre besser für ihn«, sagte St. Pauli, »wenn man ihn mit einem Mühlstein um den Hals im tiefen Meer versenken würde.«

»Mama kaputt!«

Robert schwirrte der Kopf, und das Einzige, was er dachte, war: Angela, Angela, Angela …

Der netteste Mann

»Dunkle Mäuse, was?«, sagte Pepe.

»Dunkle Mäuse«, wiederholte Julian lächelnd, und an Robert gewandt: »Aber auch Hinterer Mittelpunkt …«

»Arschloch!«, sagte Pepe. »Du bist ein altes, ausgeficktes Arschloch!«

»Hört auf«, sagte Hugo.

»Jeder Baum, der keine guten Früchte trägt, wird umgehauen und ins Feuer geworfen«, sagte St. Pauli.

»Ich habe eine Idee«, sagte Hugo. »Um auf andere Gedanken zu kommen …«

»Ich will nicht!«, rief Pepe dazwischen.

»… könnten wir ein kleines Spiel spielen, es heißt ›Wer ist der netteste Mann‹.«

»Stöpsel!«, sagte Pepe.

»Die Jury, also wir alle, werden am Schluss bestimmen, wer gewonnen hat.«

Hugo erklärte die Spielregeln, die Robert schon bekannt waren: Name, Alter, Beruf, und dann ein typischer Satz.

Weil sonst keiner beginnen wollte, machte Hugo den Anfang.

»Hugo, alt, Hellseher und Holzwurm. Ich kann den Anblick essender Frauen nicht ertragen.«

»Holzwurm, meine Rede!«, sagte Pepe erfreut darüber, dass Hugo was von ihm übernommen hatte.

»Mir kommen gleich die Tränen«, sagte St. Pauli, der sich als Zweiter meldete.

»St. Pauli, alt, Forscher. Seht die Pinien auf dem Felde, sie schwitzen nicht …«

»Acker!«, warf Pepe ein. »Es heißt: Die Pinien auf dem Acker, du Macker!«

Hugo musste die beiden beruhigen, sonst wären sie sich wieder in die Haare geraten. »Als Nächster bist du dran, Pepe. Aber nur einen Satz, verstanden?«

»Ich hab ja kein Sperma in den Ohren, du Bock!«

»Ich war doch noch gar nicht fertig«, protestierte St. Pauli.

»Wir wissen eh, wie der Satz weitergeht.«

»Kleingläubige!«

»Pepe!«, sagte Hugo.

»Porno-Paul oder Pepe, null, Weiberheld, Supermann und Sex Machine. Nur einen Satz?«

»Mann«, sagte Hugo, »du hast zwar kein Sperma in den Ohren …«

Pepe beeilte sich, seinen Spruch loszuwerden: »Rasch erregt, leicht entflammt, stets bereit – ich treib es wie ein toller Hund.«

Als Nächster war Mama dran.

»Mama, müde, Koch und Beschützer. Ausländer viel gut.«

»Und jetzt Robert!«

»Robert, jung, Abenteurer. Angela!«

»Hä?«, rief Pepe. »Das war kein Satz, sondern ein Coitus interruptus. Scheiße, ein Fotzenname! Wenn ich das gewusst hätte, hätte ich auch nur Fotze, Mieze oder Euter gesagt, als mir so einen langen komplizierten Satz aus dem Schwanz zu saugen!«

»Julian, alterslos, Freund des Mondes. Ich bin ein Kater, der seinen Schweif gern in Dunkle Mäuse steckt – das war jetzt von Arthur, tut mir leid, das passt eigentlich gar nicht zu mir …«

»Na, bravo!«, rief Pepe, und St. Pauli konnte sich nicht verkneifen Folgendes zu verkünden: »Gebt acht, hütet euch vor dem Sauerteig!«

Robert wurde langsam kalt, die Sonne war wieder hinter Wolken verschwunden, diesmal hinter schwarzen Wolken. Er zitterte leicht, aber er wusste, es war nur wegen der Kälte.

Der Spruch der Jury

»Und wer ist jetzt der netteste Mann?«, fragte St. Pauli.

Hugo warf einen Blick in die Runde und sagte: »Ich erlaube mir, den Spruch der Jury zu verkünden …«

»Wir haben doch noch gar nicht abgestimmt, du Hühnerficker!«, rief Pepe.

»Dann beantrage ich, um das ganze Theater abzukürzen, dass mein Spruch Gültigkeit hat. Wer dafür ist, der hebe die Hand.«

Alle bis auf Pepe hoben die Hand.

»Ausgezeichnet«, sagte Hugo, »du bist überstimmt, Pepe. Meine Wahl ist eindeutig auf Robert gefallen. Begründung: Er ist der Einzige in dem Sauhaufen, bei dem so etwas wie Blut durch die Adern rinnt. Wir anderen sind viel zu holzschnittartig, hölzern oder papieren, wenn euch das lieber ist. Irgendwelche Einwände? Keine, ausgezeichnet. Dann erheben wir die Flasche auf alles, was schön, gut und einfach ist.«

Er nahm einen Schluck aus der Flasche und reichte sie weiter.

»Schön, gut und einfach – zum Kotzen«, hätte einer gesagt, wenn er anwesend gewesen wäre. War er aber nicht.

»Fall erledigt«, sagte Kommissar Soundso. Der war aber auch nicht anwesend.

Philosophie der Flasche

»Verflucht, die Flasche ist leer, ihr Saufköpfe!«, rief Pepe. »Mama, hol eine neue!«

Widerspruchslos erhob sich Mama schwerfällig von seinem Sitz.

»Robert«, sagte Hugo, nahm die leere Flasche und legte sie auf seinen Schoß, »weißt du, dass es tief in deinem Inneren einen See gibt, auf dessen Grund etwas ungeheuer Großes schlummert ...«

»Wie in Loch Ness?«, fragte Robert.

Hugo ging nicht darauf ein. »... und irgendwann wird dieses große Etwas aus dem Schlaf erwachen, an die Oberfläche kommen und Feuer speien.«

»Ein Drache, ich wusste es«, sagte Robert.

»Lass es mich anders versuchen«, fuhr Hugo fort. »Diese Flasche hier zum Beispiel.« Er deutete auf die volle Flasche, die Mama gerade auf den Tisch gestellt hatte. »In der Flasche ist Wein, und der will heraus. Nur ist es in diesem Fall einfacher ...«

»Ich verstehe, jeder Mensch ist eine Flasche, ein Fläschchen.«

»Und es ist wichtig, sie zu öffnen ...«

»Die Flasche möchte ich sehen, die wir nicht aufkriegen!«, rief Pepe.

»Lasset die Flaschen zu mir kommen«, sagte St. Pauli. Er war schon leicht angeheitert. »Seht die Flaschen auf dem Felde ...«

EIN REGENSCHIRM WÄRE GUT

Robert fiel auf, dass Mama plötzlich Tränen über die Wangen liefen.

»Alle in Deckung, Mama spritzt ab!«, rief Pepe.

Julian war mit seinen Fingernägeln beschäftigt. Mit dem rechten Daumennagel säuberte er, so gut es ging, die Fingernägel der linken Hand.

Mama ballte die rechte Hand zu einer Faust und deutete zum Himmel hinauf, der sich inzwischen sehr verdunkelt hatte. Eine schwarze Wolkenwand näherte sich, es sah ganz nach einem Gewitter aus. Eine Spannung lag in der Luft, die sich entladen würde. Ein Wind kam auf, der zeitweise so stark war, dass sich Hugo, St. Pauli, Pepe, Mama und Julian an der massiven Tischplatte festhielten. Nur Robert machte der Wind nichts aus, er hielt ihm sein Gesicht entgegen, genoss es, wie der Wind mit seinem Haar spielte.

»Ein Regenschirm wäre gut«, sagte St. Pauli.

»Wir könnten auch ins Haus gehen«, schlug Julian vor.

»Kommt nicht in Frage«, meinte Pepe, »ich geh dir nicht in die Falle, du Schwuchtel!«

Robert fiel auf, dass Hugo nichts mehr sagte und einen recht nervösen und abwesenden Eindruck machte. Manchmal lachte er hysterisch auf, was sonst nicht seine Art war, er trank in hastigen Schlucken, rauchte eine Zigarette nach der anderen, als könnte jede seine letzte sein. Was war los mit ihm?

Julian legte sanft seine Hand auf Roberts Oberschenkel und sagte: »Hast du nicht langsam das Gefühl, dass diese Komödie ein paar Akte zu viel hat?«

»Akte, Akte, Akte!«, rief Pepe.

»Es reicht, halt endlich die Klappe!«, wies ihn Hugo zurecht.

Julian wandte sich wieder an Robert. »Ich weiß Bescheid, Arthur hat mich aufgeklärt.«

»Alle wissen Bescheid, nur ich nicht.«

»Aber es geht dir jetzt besser als noch vor Kurzem. Arthur hat sich Sorgen gemacht, er hat mit Maria gesprochen … Schade, dass er nicht mehr mit dir sprechen konnte, aber wer konnte das vorausahnen …«

Robert empfand tiefe Sympathie für Julian. Er hatte recht, es ging ihm besser, er war ruhiger und gelassener. Angela würde alles verändern.

Julian drückte sanft Roberts Oberschenkel. Robert genoss das Gefühl. Wie aus weiter Ferne hörte er Julians Stimme: »Du hast dein Leben vor dir, Robert, lass es dir nicht versauen. Geh weg vom Wunderlichen hin zum Wunderbaren. Zerreiße die Bande, die dich mit diesem Haufen verbinden. Sonst blüht dir ein ähnliches Schicksal wie mir …«

Schüchtern meldete sich St. Pauli zu Wort. »Was du auf Erden binden wirst, das wird auch im Himmel gebunden sein.«

»Wunderbar«, sagte Robert, als Julian nach seiner Hand griff.

»Es beginnt zu regnen«, hörte er sich noch sagen, dann überließ er sich Gefühlen, die völlig neu für ihn waren.

13. TEIL

Denn in einer Welt, wo selbst die kleinsten Dinge geregelt werden und nichts mehr dem Risiko überlassen bleiben soll – und damit auch der Möglichkeit des einzelnen, auf seine Weise zu scheitern –, in einer Welt, die Langeweile als Zufriedenheit preist und den Zustand unserer Innenstädte als Ästhetik, wäre es wünschenswert, ein Stück Regellosigkeit, ein Stück Anarchie und Dschungel via Literatur wieder ins Leben zu bringen. Dazu gehört es, sich auszusetzen (das heißt, nicht mehr seinen eigenen Nabel für die Mitte des Erdkreises zu halten) und nach außen zu gehen, neugierig und mutig, im Mikrokosmischen wie im Makrokosmischen. Die Merkwürdigkeit des Lebens kann sich auf einer Reise nach Gießen ebenso entschleiern wie in Südamerika, und der große Dichter Gottfried Benn hat einmal behauptet, die wirklichen Abenteuer fänden am Küchentisch statt.

EVA DEMSKI, *Unterwegs*

Als Robert erwachte, lag er nackt in einem Bett, an dessen Rand ein nackter Julian saß und ihn liebevoll betrachtete.

Der Regen prasselte aufs Dach, draußen war es trotz des sommerlichen Spätnachmittags recht dunkel.

»Wo sind die anderen?«, fragte Robert. Nichts kam ihm natürlicher und normaler vor, als nackt neben Julian zu sitzen.

»Die harren im Regen aus«, antwortete Julian. »Sie setzen eine unsinnige Hoffnung in den Regen. Irgendwie erinnern sie mich an Kinder, die glauben, dass man sie nicht sieht, wenn sie die Augen schließen. So in etwa.«

Robert rückte zum Fenster am Fußende des Bettes und sah hinaus. Tatsächlich, draußen saßen sie in strömendem Regen um den Tisch: Hugo, Mama, Porno-Paul und St. Pauli, alle mit gesenkten Köpfen und reglos.

»Einsame Männer, von Frauen enttäuscht oder von Frauen verlassen, haben auch mich immer angezogen. Für dich sind sie aber eine schlechte Gesellschaft. Du bist nicht wie ich, du würdest zugrunde gehen …«

»Warum will Hugo Frauen nicht beim Essen zuschauen?«

Julian seufzte. »Ich weiß es nicht. Arthur hat mir einmal erzählt, dass er Geheimnisse liebt, dass er lieber Fragen stellt, als beantwortet, dass er es liebt, Menschen zu verwirren. Er habe ein Herz, das nur dann schlagen könne, wenn es auf einsame Herzen trifft, die sich ihm zuwenden. Mama, Porno-Paul und der Heilige Kartoffelsack sind harmlose Figuren. Aber Hugo versteht es, jemanden einzuwickeln. Er will helfen, aber die eigene Haut ist ihm am nächsten.«

Robert hatte mehr dem angenehmen Klang von Julians Stimme gelauscht, als dem, was sie ihm sagte. Vor allem wusste er jetzt einfach mit jeder Faser, es würde alles gut werden.

»Du wirst es schaffen, du hast rechtzeitig jemanden getroffen, jemanden aus Fleisch und Blut, und du hast eine Kraft in dir, die niemand zerstören kann … Du musst nur aufpassen, dass du nicht gegen falsche Gegner kämpfst und deine Energie am falschen Ort verschwendest.«

Robert schloss die Augen, er fühlte sich mit einem Mal federleicht, ein sanfter Wind trug ihn fort, die Stimme von Julian begleitete ihn.

»Die Gegner sind mächtig, verschlagen und heimtückisch, man kann sie nur im Vollbesitz seiner Kräfte besiegen. Darauf kommt es an. Das Fleisch muss jauchzen, während man zuschlägt … Ich rede viel und nicht immer ganz klar, ich bin nicht das, was ich zu sein scheine. Ich war einmal ein stummer Fisch, der den Haken bereits durch den Mund gebohrt hatte – an nichts anderes konnte ich wegen der unsäglichen Schmerzen denken als an diesen Haken, der mir den Tod bringen würde … Arthur hat mir den Haken entfernt, ich konnte weiterleben, aber jetzt...« Er brach ab und verbarg sein Gesicht in den Händen.

»Erzähle mir von Otto«, sagte Robert.

»Wir hatten eine schöne Zeit zusammen«, antwortete Julian mit einem wehmütigen Lächeln. »Du kannst Maria fragen, sie wird es dir bestätigen. Zuletzt haben wir nur noch miteinander telefoniert. Otto war ja geradezu besessen vom Telefonieren … Stehen immer noch im ganzen Haus Telefone herum?«

Robert überlegte kurz, dann nickte er.

»Früher hatte er in jedem Zimmer eines. Und weißt du warum? Unter anderem deshalb, weil er sich ursprünglich vor Telefonen gefürchtet hat …«

Robert hatte das Gefühl, als erwache er aus einem Traum.

»Ja, Otto hat sich vor ihnen gefürchtet. Er hatte eine panische Angst, eine irrationale Angst vor diesen Apparaten, also stellte er im ganzen Haus welche auf. Hat dir das Maria nie erzählt? Jedenfalls hat Otto auf diese Art seine Angst vor Telefonen überwunden.«

»Haben die alle gleichzeitig geläutet, wenn jemand angerufen hat?«

Julian lachte. Inzwischen hatte es aufgehört zu regnen.

Julian zog sich an, während Robert zum Fenster hinausschaute. Alles unverändert. Wie erstarrt saßen die anderen immer noch um den Tisch.

Robert zog sich ebenfalls an. Julian nahm ihn in die Arme, strich ihm übers Haar, gab ihm einen Kuss auf den Mund und sagte: »Du warst mein letztes Abenteuer.«

FARBENSPIELE

Robert und Julian traten vors Haus.

Hugo und Konsorten schienen mit offenen Augen zu schlafen. Sie waren pudelnass, von Pepes Nasenspitze tropfte Wasser.

»Sieh sie dir an«, sagte Julian, »sie wissen, es geht mit ihnen zu Ende, mit mir übrigens auch. Ich bin ein todkranker Mann, in mir ist der Wurm drin, wenn du so willst. Was mich erwartet, sind Schmerzen, unerträgliche Schmerzen und ein Behandlungsmarathon. Bevor es dazu kommt, werde ich auf meine Art gehen. Es ist alles schon geplant, bis ins kleinste Detail berechnet, das wird eine perfekte Inszenierung.«

Hugo hob langsam den Kopf, sah Robert an, sah durch ihn hindurch, zwang sich zu einem müden Lächeln und sagte mit mildem Spott: »Abenteurer.«

Julian bot ihm eine Zigarette an, die er gierig ergriff. Robert gab ihm Feuer.

Hugo nahm einen tiefen Zug und sackte wieder in sich zusammen. Ohne einen weiteren Zug von der Zigarette genommen zu haben, ließ er sie zu Boden fallen.

Plötzlich streckte Pepe seine Nase in die Höhe, was ihn viel Kraft zu kosten schien, und begann zu schnuppern. Er nahm Witterung auf wie ein Tier. Dann sagte er mit brüchiger Stimme: »Ich rieche eine Frau.«

Kurz darauf brach die Abendsonne mit voller Wucht durch die Wolken.

Mit Julian ging eine Veränderung vor, sein Haar wurde schlagartig weiß, er blähte die Backen, sein Gesicht wurde erst rot, dann blau.

Robert wunderte sich über gar nichts mehr.

Ein perfekt inszenierter Abgang?

Hugo war totenblass im Gesicht, seine Augenlider zitterten.

»Hau ab, Robert!«, schrie Julian plötzlich. »Lauf weg, solange du noch kannst!«

Robert stürzte los, gerade noch rechtzeitig.

Während er zum Wasser lief, hörte er hinter sich ein fürchterliches Krachen.

Ein riesiger Baum war umgestürzt und hatte alle unter sich begraben.

Ungefähr 20 Meter entfernt schaukelte ein Boot auf dem Wasser. Die Sonne dahinter zauberte eine leuchtende, goldene Bahn auf die Wasseroberfläche. Sie hatte Robert einen glitzernden Teppich ausgelegt, der direkt zu dem Boot führte, das sich etwa 50 Meter neben dem Kirchturm befand, in dem jetzt die Glocken wild zu läuten begannen.

»Das ist besser als der Lärm von Telefonen«, dachte Robert. Die Glocken im Kirchturm läuteten ohrenbetäubend laut, die Sonne leuchtete wie nie zuvor, der große umgestürzte Baum lag da wie schlafend. Robert wandte sich ab und dem Boot zu, da sah er den Regenbogen in allen Farben schillern und stieß einen Jubelschrei aus.

Unter Wasser

Robert ging auf das Boot zu, das auf dem goldenen glitzernden Lichtstreifen schaukelte. Als ihm das Wasser bis zur Brust reichte, begann er zu schwimmen. Beim Boot angekommen, hievte er sich hinein, ergriff die Ruder und steuerte auf den Kirchturm zu, in dem immer noch die Glocken läuteten.

Als Robert nur noch wenige Meter von dem Turm entfernt war, verstummten die Glocken plötzlich. Stattdessen hörte er ein leises, noch weit entferntes Geräusch, das ihn zutiefst beunruhigte. Das Geräusch kam rasch näher und war auf einmal direkt über ihm. Es stammte von einem Helikopter, der jetzt das Wasser rund um Robert aufpeitschte.

Ohne zu überlegen, was er tat, stürzte sich Robert ins Wasser und tauchte ab. Als er die Augen öffnete, sah er das versunkene Dorf unter sich und schwamm darauf zu. Es gab da unten eine Straßenbeleuchtung, die tatsächlich eingeschaltet war, als Erstes fiel ihm aber ein Auto auf mit einem Skelett quer über dem Dach. Dann sah er eine Telefonzelle, neben der vier Männer standen, die ihm zuwinkten.

Er bekam mit, dass über ihm etwas ins Wasser platschte, der Druck, der dabei entstand, stieß ihn tiefer hinunter, er war jetzt nur noch ein paar Meter über den vier Männern, er sah, dass einer von den Männern hektisch rauchte, ein anderer, der dickste von ihnen, jonglierte mit drei Kartoffeln. Der erste war natürlich Pepe, der zweite Mama. Robert stiegen Tränen in die Augen, er breitete die Arme aus, freute sich darauf die vier in die Arme zu schließen, da wurde er unsanft an Schultern und Haaren emporgerissen. Die Aktion war so grob, dass er das Bewusstsein verlor.

Eine schöne Überraschung

Als Robert erwachte, dachte er zu träumen. Er lag mit dem Kopf auf Angelas Schoß, die ihn gedankenverloren ansah und ihm dabei über den Kopf streichelte. Er hatte das Gefühl, als krabbelten tausend Ameisen über seinen Körper, und jeder einzelnen von ihnen wollte er einen Namen geben: »Maria, Otto, Hugo, Pauli, Mama, Pepe, Lena …

»Was redest du da?«, sagte Angela. »Bist du endlich wieder bei uns?«

»Jetzt zittert er schon wieder«, hörte Robert jemanden sagen, es war die Stimme von Anna. Er drehte den Kopf in ihre Richtung und sah, dass sie am Ufer des Sees stand und Steine über das Wasser hüpfen ließ.

Angela tätschelte seine Wange. »Na, alles wieder okay?«

Robert strahlte übers ganze Gesicht. »Angela, bist du es wirklich?«

»Ich heiße nicht Angela, sondern Andrea. Angela habe ich nur gesagt, weil du mich bei unserer ersten Begegnung Engel genannt hast.«

»Wo bin ich?«, sagte Robert und kam sich blöde vor.

Andrea bestätigte ihn, indem sie sagte: »Dass man so etwas sagt, wenn man aus einer Ohnmacht erwacht, hätte ich nie für möglich gehalten. Ich dachte, das gibt's nur in Seifenopern und so Geschichten.«

Robert tat sich schwer zu glauben, dass er auf Andreas Schoß lag. »Dich gibt's gar nicht.«

»Da bist du auf dem Holzweg«, sagte sie.

Robert schloss die Augen, er kam sich vor wie auf einer Wolke, die ihn über den Himmel trug, es fühlte sich wunderbar an, nichts weniger als wunderbar.

»Jetzt wärst du schon wieder beinahe hops gegangen – du bist ein ziemlich komischer Kauz.« Andrea strich ihm dabei mit der Hand zärtlich über die Wange. »Du warst schon recht weit unten …«

»Wie komme ich hierher? Ich meine, aus dem Wasser …«

»Du wurdest gerettet.«

»Von dir?«

»Nein, von einem Mann, der gesagt hat, dass er heute schon zwei Mal mit dir zu tun hatte …«

Robert hörte auf das Geräusch des Wassers, das ans Ufer schlug.

»Der Mann hat behauptet, er habe dich heute schon k.o. geschlagen.«

Dunkel konnte sich Robert daran erinnern, aber er zwang sich, an etwas anderes zu denken. Hugo und all die anderen fielen ihm ein.

»Wo sind meine Freunde?«, fragte er.

»Wen meinst du?«, fragte Andrea. »Hier sind nur Anna und ich, der See und der Turm.«

Anna kam näher. »Er hat da so komische Leute kennengelernt, die ziemlich blöd waren. Einer hat gesagt, er kann Frauen nicht beim Essen zuschauen. Bäh, lauter Spinner!« Anna schnitt eine Grimasse und verdrehte die Augen.

»Da sind wir froh, dass er die los ist«, sagte Andrea, »aber vielleicht tauchen sie ja wieder auf.«

Robert fiel ein, dass sie alle von einem Baum erschlagen worden waren. Er sah sich suchend um, aber da war kein umgestürzter Baum …

»Ein anderer von denen, der war ziemlich dick, der hat immer gesagt: ›Kartoffeln viel gut.‹« Sie ahmte Mamas Tonfall nach. »›Es nix Guteres geben als Kartoffeln. Ich dir schmeißen Kartoffel an den Kopf, aber harte Kartoffel, nicht weich gekochte, die man in Hand zerquetschen kann …‹«

Andrea lachte.

Was für ein schönes Lachen, dachte Robert, erfrischend und gegenwärtig, lebendig und siegreich. Ich liege auf Angelas Schoß, auf Andreas Schoß! Jetzt wird alles gut, ich habe es gewusst.

»Jedenfalls«, sagte Andrea, »sind deine Freunde spurlos verschwunden …«

»›Ich fick dich tot‹, hat auch einer von ihnen gesagt«, warf Anna ein.

»Na ja«, meinte Andrea, »ich bin froh, dass deine Spezis verschwunden sind. Ehrlich gesagt, finde ich Typen, die so Sprüche ablassen, ziemlich …«

»Andrea!«, rief Robert aus, als erwache er schon wieder aus einer Art Ohnmacht.

»Was ist denn? Beruhige dich, du liegst auf meinem Schoß und alles ist gut.«

»Er ist ein bisschen plemplem, aber sonst ganz lieb«, sagte Anna. »Er hat zu mir gesagt, ich soll versuchen, mir ins Ohr zu spucken. So Sachen sagt er.«

ROBERT ÜBERTREIBT ES EIN WENIG

»Du musst jetzt aufstehen«, sagte Andrea, »du holst dir sonst den Tod, wenn du noch länger nass hier liegen bleibst.«

»Ich will auf deinem Schoß liegen bleiben, bis ich sterbe …«

»Ja, so einen Quatsch redet er manchmal!«, sagte Anna.

»Jetzt ist Schluss mit dem Quatsch«, sagte Andrea gespielt streng und lachte. »Aufstehen, sonst setzt's was!«

Kaum stand Robert zitternd auf den Beinen, fiel er wieder in Ohnmacht.

DIE ZAHL ZWEI

Als Robert erwachte, lag er auf einem Sofa, zugedeckt mit einer Wolldecke. Ihm gegenüber in einem Schaukelstuhl saß ein älterer Mann und sah fern, ohne Ton. Ein Fußballspiel wurde übertragen. Der Mann hatte, abgesehen davon, dass er jünger war, große Ähnlichkeit mit Arthur. Auch ihm standen die schütteren weißen Haare vom Kopf, als wären sie gerade von einem Windstoß erfasst worden.

Robert fragte sich wieder einmal, wo er war. Dann dachte er, dass er sich vielleicht auch wieder für Fußball interessieren sollte, wie er das als Kind und Jugendlicher getan hatte. Vielleicht würde das helfen, ein besserer Mensch zu werden?

Der Mann hatte bemerkt, dass Robert aufgewacht war. »Rapid führt 2:0«, sagte er, »das wird endlich wieder einmal ein Sieg für uns, so wie's ausschaut.«

»Wo ist Andrea?«, fragte Robert.

»Andrea musste weg, sie kommt erst in zwei Wochen wieder …«

»Zwei Wochen?« Die Enttäuschung stand Robert ins Gesicht geschrieben.

»Meine Frau und ich werden uns um dich kümmern«, sagte der Mann und fügte hinzu: »Vorausgesetzt, du willst das. Wir sind übrigens die Eltern von Andrea.« Kurz darauf schlug er empört die Hände zusammen und rief aus: »Abseits! Das war eindeutig ein Abseits-Tor!«

Robert sagte leise: »Das Abseitige lässt einen niemals ganz los …«, um sofort hinzuzufügen: »Hoho.«

Andreas Vater beruhigte sich wieder, denn der Schiedsrichter hatte die Sache so wie er beurteilt, also keinen Gegentreffer gegeben.

Roberts Blick fiel auf einen Holzschnitt an der Wand. Er stellte ein Boot dar, nein, eher ein Floß.

»Ist das Bild von Uwe?«, fragte er.

»Oh, ein Kunstkenner! Ja, das Bild ist von Uwe. Er hat es mir geschenkt. Leider ist er ja ziemlich früh gestorben …«

»Ich weiß, er wurde von Haien zerrissen.«

Der Mann lachte. »Haie? Ich wüsste nicht, dass es bei uns Haie gibt. Nein, er ist zu weit hinausgeschwommen, hatte einen Herzinfarkt. Er hat nicht gerade gesund gelebt, und der Jüngste war er auch nicht mehr.«

»Das stimmt nicht, er wurde ermordet«, sagte Robert und schloss wieder die Augen.

Andreas Vater nickte besorgt. »Ich weiß, irgendwie ist er auch ermordet worden … Aber jetzt reden wir von etwas anderem! Hast du Hunger?«

DIE SEHR GUTE SUPPE

Robert fühlte sich wohl bei Andreas Eltern. Er war entspannt wie schon lange nicht mehr, völlig gelöst und unbeschwert. Alles erschien ihm in einem freundlichen Licht, nichts konnte ihm mehr etwas anhaben, er war gerettet.

Die Mutter hatte ihn wie der Vater sofort ins Herz geschlossen, es wurde nichts von ihm erwartet, er durfte so sein, wie er war. Wenn Andrea ihn akzeptierte und mochte, war es für ihre Eltern klar, dass auch sie ihn akzeptierten und mochten. Sie mochten ihn wirklich, er tat ihnen ein bisschen leid, aber sie würden ihn schon aufpäppeln, ihn unterstützen in allem, was er in Zukunft vorhatte. Dass Andrea einiges mit ihm vorhatte, war ihnen klar.

»Die Suppe schmeckt sehr gut«, sagte Robert.

DER FLIEGENDE ROBERT

Robert saß in seiner Mansarde und schaute hinunter zur Bushaltestelle. Die Menschen, die dort auf einen Bus warteten, winkten zu ihm herauf, er winkte zurück. Bald würde er wieder mit dem Bus zur Endstation fahren, um dort Andrea zu treffen.

Hatte er alles richtig verstanden und sich richtig gemerkt, war er nicht schon zu spät?

Plötzlich wusste er mit schmerzlicher Gewissheit, dass er genau den Bus erreichen musste, der jetzt gleich kommen würde. Er stürmte aus dem Zimmer, die Stiege hinunter, aus dem Haus durch den Garten, der Bus stand bereits an der Haltestelle. Ohne nach links und rechts zu sehen, lief Robert über die Straße und wurde voll von einem mit überhöhter Geschwindigkeit vorbeifahrenden Auto erwischt.

Durch den Zusammenstoß wurde er in die Höhe geschleudert, er flog wie in Zeitlupe höher und höher, bis zum Fenster seiner Mansarde hinauf, und dort sah er durch das Fenster einen Mann sitzen, der ihm ähnlich sah.

Der Mann sah ihm zum Verwechseln ähnlich und war aufgestanden, um besser sehen zu können.

Robert hatte den höchsten Punkt erreicht, jetzt ging es wieder abwärts, er versuchte sich an Ästen und Zweigen des Baumes festzuhalten, er rutschte immer wieder ab, die Hände schmerzten.

Er sah den Mann am Fenster, der ungerührt seinen Sturz beobachtete.

Robert krachte auf den Lattenzaun, der Mann am Fenster verschwamm vor seinen Augen, er spürte keine Schmerzen, er hörte nichts, und kurz darauf sah er auch nichts mehr. Sein letzter Gedanke war: Ich hätte einen Regenschirm gebraucht ...

Happy End (1)

Der Amtsarzt stellte den Totenschein aus.

Andrea war kein Kind von Traurigkeit, sie ließ sich nicht unterkriegen.

Mit zwei Freunden verschaffte sie sich Zugang ins Leichenschauhaus, wo Robert tiefgekühlt wurde. Sie hatte die zuständigen Personen davon überzeugt, dass sie ihn noch einmal sehen durfte, bevor er ins Krematorium überführt wurde.

Die beiden Freunde von Andrea waren natürlich der Wiederbelebungsexperte und der Wunderheiler, von denen schon die Rede war.

»Das darf doch nicht wahr sein«, sagte Robert, als er an sich hinuntersah, denn er war so gut wie neu.

»Ist es aber«, sagte Andrea und umarmte ihn.

Robert konnte sich nicht zurückhalten und heulte los wie ein Schlosshund. Er wurde von einem dermaßen überwältigenden Heulkrampf geschüttelt, dass der Wiederbelebungsexperte schon befürchtete, er würde sich totheulen. Innerlich hatte er sich bereits darauf eingestellt, ihn noch einmal wiederbeleben zu müssen.

Ein paar Wochen später war Hochzeit.

Unter den Hochzeitsgästen befanden sich Roberts Großmutter, die Eltern von Andrea, Roberts Eltern, seine Schwester, Anna, Ilona, der Wiederbelebungsexperte, der Wunderheiler und seltsamerweise auch Julian, der einen Kopfverband trug.

Happy End (2)

Robert und Andrea lebten glücklich und zufrieden bis an ihr seliges Ende – so wahr ich hier an meinem Schreibtisch sitze und jetzt gleich einmal auf ein Bier gehe, weil das habe ich mir verdient.

INHALT